GOD
OF
SOLDIER

임영기 장편소설

FUSION FANTASTIC STORY

갓오브솔저

# 갓오브솔저 7

임영기 장편소설

초판 1쇄 찍은 날 § 2017년 6월 26일
초판 1쇄 펴낸 날 § 2017년 7월 3일

지은이 § 임영기
펴낸이 § 서경석

편집책임 § 이지연

펴낸곳 § 도서출판 청어람
등록번호 § 제387-1999-000006호
등록일자 § 1999. 5. 31
어람번호 § 제1-2724호

주소 § 경기도 부천시 부일로 483번길 40 서경B/D 3F (우) 14640
전화 § 032-656-4452  팩스 § 032-656-4453
http://www.chungeoram.com
E-mail § chungeorambook@daum.net

ISBN 979-11-04-91384-6 04810
ISBN 979-11-04-91179-8 (세트)

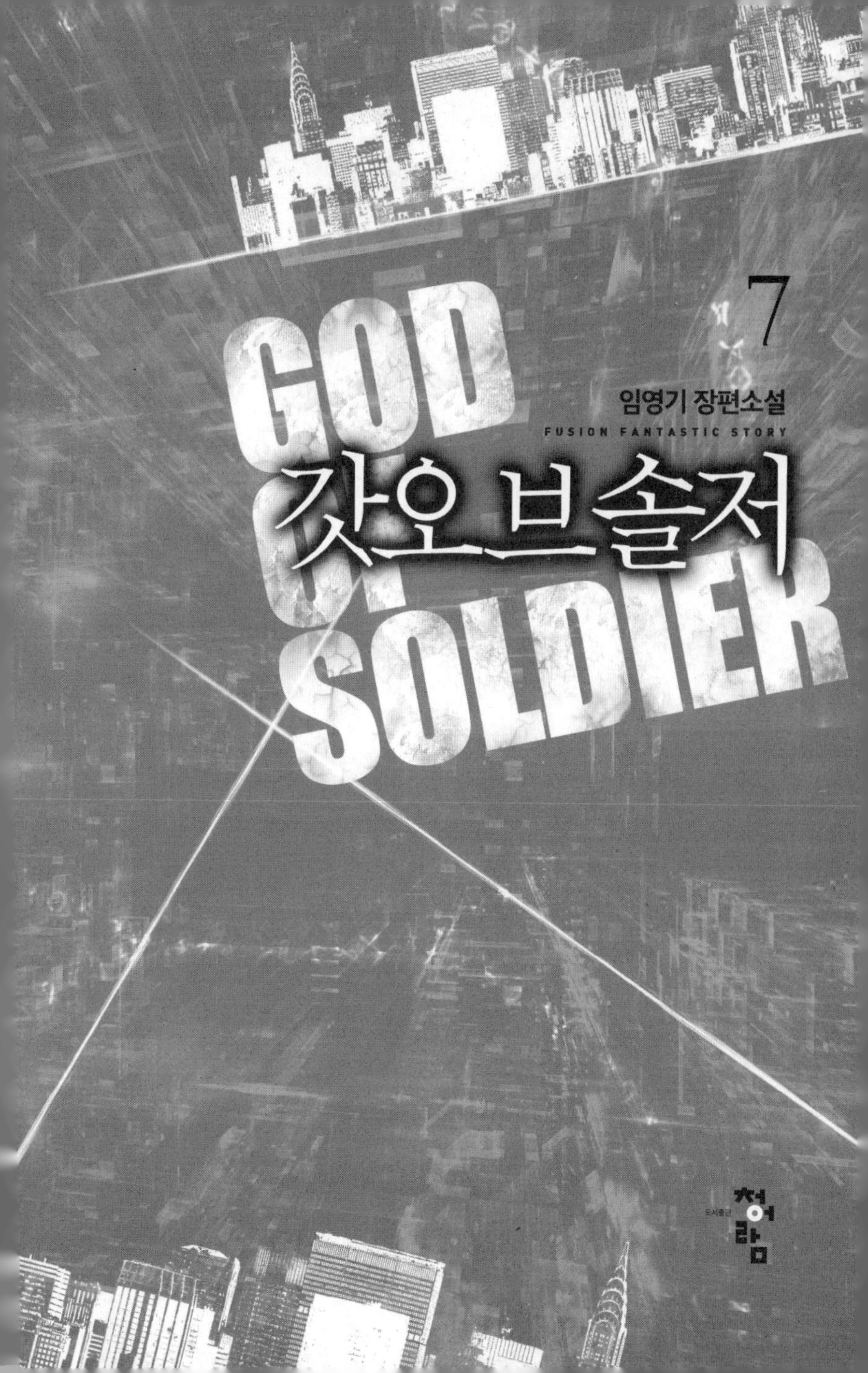

# GOD OF SOLDIER

# 갓 오브 솔저

7

임영기 장편소설

FUSION FANTASTIC STORY

도서출판 청어람

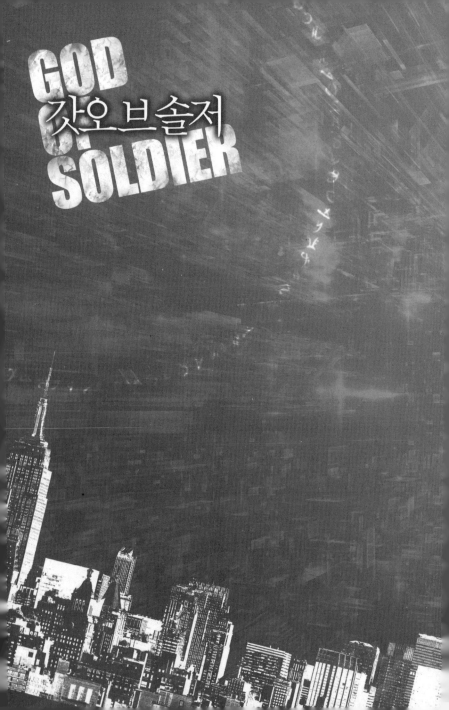

# Contents

제35장
트위스트

"저쪽은 준비가 됐습니다."

총본 월계를 다루는 전문 요원이 천룡에게 보고했다.

총본 기술 요원들의 긴장은 극에 달했다.

조금 전 강도가 1325년 신군성에서 2017년 영종도 총본으로 한 번에 월계할 무림 고수의 수가 1,080명이라고 전해왔기 때문이다.

이제껏 월계 최대치는 167명이었으며 그나마도 일 년에 한 번만 월계를 실행할 수 있었다.

그런데 강도는 작년 10월 무렵에서 167명이 현 세계로 온 지두 달 보름 정도밖에 지나지 않았는데도 정원 167명의 6.5배에 달하는 1,080명을 한꺼번에 데려오려는 것이다.

총본의 월계 시스템으로는 불가능한 일이다.

월계 시스템은 과학이 아니다.

과학이라면 월계 시스템은 타임머신이라는 얘기다.

타임머신은 수많은 과학자들이 꿈꾸고 있지만 아직까지는 먼 미래의 일이다.

이곳의 월계 시스템은 디오가 만들었다.

과학이 아닌 그의 에너지를 단순한 기계 설비에 축약해서 좌표와 시간대를 입력하면 사람을 원하는 곳과 시간대로 전송하는 방식이다.


같은 시간, 강원도 평창 대양리조트 옥상에 강도의 측근들이 모여 있다.

옥상의 넓은 공간은 1325년의 무림에서 월계를 이용하여 전송되는 1,080명을 수용하기에 충분하다.

도착 지점에 정확하게 착지하지 못하면 리조트 아래로 추락할 위험이 있기는 하지만······.

강도는 1,080명을 전송하는 장소를 이곳 대양리조트 옥상으로 정했다.

만약 전송이 성공한다면 무림 고수 1,080명은 전원 이곳 대양리조트에서 숙식을 하게 될 것이다.

그러나 반대로 실패한다면 강도를 비롯한 1,080명은 알 수 없는 공간과 시간 속에 버려져 미아가 되고 말 것이다.

이 일은 월계 시스템과 강도의 초월적인 능력이 정확하게 조화를 이루어야만 성공할 수 있다.

그때 구인겸에게 총본의 말이 전해졌다.

─실행합니다.

측근들의 우두머리격인 구인겸이 모두에게 조용하라는 손짓을 해보였다.

─5… 4… 3…….

모두의 얼굴이 극도의 긴장으로 물들었다.

─…2 …1 …월계 전송!

극도로 긴장한 구인겸은 두 주먹을 굳게 움켜쥐었다.

1325년 장안에서 2017년 강원도 평창으로 오는 것이지만 전송은 1초도 걸리지 않는다.

구인겸과 측근들은 전방의 넓은 공간을 뚫어지게 주시했다.

성공한다면 바로 지금 저기에 강도와 옥령을 비롯한 1,080명의 무림 고수들이 안착할 것이다.

그런데 어떻게 된 일인지 10초가 지나도록 전방에 아무도 나타나지 않았다.

구인겸은 등골이 쭈뼛했다.

'실패인가?'

1초면 전송이 완료되는데 10초가 지나도록 도착하지 않았다면 실패를 의심해야 한다.

구인겸만이 아니라 측근 모두 똑같은 생각을 하고 있었다.

모두의 얼굴이 착잡함으로 일그러지며 다시 10초가 흘렀다.

이윽고 30초가 지났을 때, 구인겸은 가슴이 무너지며 체념의 표정을 지었다.

'실패다.'

무림에서는 출발했고 월계 시스템이 작동을 했는데 여기에 나타나지 않았으니까 실패가 분명하다.

구인겸은 온몸의 힘이 쭉 빠져서 그 자리에 주저앉고만 싶었다. 그때 그의 머릿속을 웅웅 울리는 목소리, 아니, 생각이 있었다.

―현천!

구인겸은 반갑고 놀라서 펄쩍 뛰며 외쳤다.

"주군! 어디십니까?"

측근들은 구인겸의 외침에 놀라서 모두 그의 곁으로 모여들었다.

강도의 목소리에 어이없음이 묻어났다.

―서울이 폐허로 변했다.

"네에?"

조금 뜸을 들였다가 강도의 목소리가 다시 들렸다.

—북한산과 남산이 화산 폭발을 일으킨 것 같다. 그리고 한강의 물길이 바뀌어서 마포와 광화문 쪽으로 흐르고 있다.

"주군……."

—마계의 침공이다. 대지진까지 일어난 것 같다.

"그게 무슨……."

—우린 붕괴된 남산 중턱에 도착했다. 기다려 봐라.

그러고는 강도의 말이 끊어졌다.

구인겸은 불길한 예감이 들었다.

'설마……'

5초쯤 후에 강도의 날선 목소리가 다시 들렸다.

—빌어먹을! 해일까지 밀려오고 있다! 서해 바다가 밀려와서 인천하고 부천까지 다 잠겼다!

"주군! 그쪽 날짜를 확인하십시오! 여긴 현재 2017년 1월 4일입니다!"

잠시 후에 강도의 울화통 터지는 목소리가 들렸다.

—우라질! 여긴 2017년 2월 4일이다!


2017년 2월 4일에 북한산과 남산이 화산 폭발을 일으키고 대지진이 일어나서 한강의 물길이 마포와 광화문 쪽으로 바뀌었다고 한다.

더구나 서해 바다에서 해일이 밀려와 인천과 부천이 잠겼다고도 했다.

그렇다면 서울이 물바다가 되는 것은 시간문제다.

오늘이 1월 4일이니까 한 달 후 2월 4일 서울은 아비규환의 지옥으로 변한다.

강도의 조금 높아진 목소리가 다시 들렸다.

—현천! 여기 좌표 전송할 테니까 다시 입력해라! 날짜와 시간 똑바로 확인해라! 지금은 2017년 2월 4일 오후 2시 27분 35초가 지나고… 어엇? 이런, 제길!

강도는 말끝에 욕설을 내뱉더니 말이 끊어졌다.

구인겸은 급히 총본에 연락했다.

"천룡! 주군께서 2017년 2월 4일 현재 시간 남산에 계시오! 좌표를 보내주겠소!"

—무슨 소리요?

천룡의 쨍하는 쇳소리가 들렸다.

설명할 겨를이 없는 구인겸은 급히 손목 트랜스폰을 들여다보았다.

강도가 보낸 좌표가 떴다.

그가 좌표를 총본에 전송하자마자 강도의 다급한 목소리가 들렸다.

—현천! 해일이 밀려오고 있다! 산더미 같다! 서둘러라!

"주군!"

구인겸은 절규하듯 부르짖었다.

그러나 더 이상 강도의 목소리는 들리지 않았다.

구인겸은 트랜스폰에 대고 총본에 악을 썼다.

"뭘 하고 있소? 당장 월계 시스템 작동하시오!"

그는 트랜스폰의 시간을 들여다보고 방금 전 강도의 전송 코드와 총본에 동시에 사이클을 맞추었다.

"카운트다운!"

총본에서 누군가 외쳤다.

—셋! 둘! 하나! 월계 실행!

월계를 실행했지만 여기에서는 월계가 제대로 실행됐는지 어쨌는지 도무지 알 수가 없다.

그러고는 숨 막히는 적막이 흘렀다.

구인겸은 온몸을 쥐어짜서 기름이 줄줄 흐르는 것 같은 초조함 속에서 전방을 쏘아보았다.

다른 사람들은 구인겸이 강도하고 총본과 통화하는 것을 들어서 대충 무슨 일인지 짐작하고는 극도의 긴장으로 목과 이마에 힘줄을 곤두세우고 전방을 주시했다.

후두두…….

그런데 갑자기 비가 오기 시작했다.

사람들이 위를 쳐다보았다.

그 순간 갑자기 하늘에서 거대한 폭포가 쏟아졌다.

콰아아—!

"우왓!"

"뭐, 뭐야!"

폭포는 반경 백 미터 이내에 한꺼번에 수십만 톤의 물을 쏟아부었다.

그런데 그게 다가 아니다.

폭포 속에 커다랗고 시커먼 물체 수십 수백 개가 뒤섞여서 쏟아졌다.

콰콰콰아아—

"피해라!"

누군가 다급하게 외치면서 몸을 날렸다.

구인겸이 쩌렁하게 외쳤다.

"그들을 받아라! 무림에서 온 동료들이다!"

그 다음엔 난리법석이 벌어졌다.

쿠다다닥! 퍼퍼펙! 쿠쿠쿵!

"아앗!"

"크으윽!"

"와악!"

그러고는 둔탁한 음향과 함께 한꺼번에 비명과 신음 소리가 와르르 쏟아져 나왔다.

모든 것은 불과 10여 초 사이에 벌어졌다.

물에 흠뻑 젖은 구인겸과 태청, 음브웨 등은 놀라서 얼이 빠져 두리번거렸다.

태청의 얼굴을 타고 흘러내려 입으로 들어간 물은 지독하게 짰다.

소금물 즉, 서해 바다의 물이다.

구인겸과 태청 등이 서 있는 곳을 중심으로 옥상 전체는 온통 물바다가 됐는데 그 물속에서 많은 사람이 꿈틀거리면서 일어서고 있었다.

그들 중에 당당하게 우뚝 서서 주위를 둘러보며 외치고 있는 인물이 있다.

"다들 괜찮으냐?"

그는 강도다.

멀지 않은 곳에서 한 인물이 온몸에서 물을 주룩주룩 흘리면서 툴툴 웃었다.

"신군, 미래라는 곳이 아주 지랄 같습니다!"

강도는 히죽거리는 천마황을 보며 빙긋 미소 지었다.

"앞으로 더 지랄 같을 거다."

반대 방향에서 요도지존 요선제가 젖은 긴 머리카락을 쥐어짜면서 깔깔거렸다.

"호호홋! 그 말씀을 들으니까 정말 기대가 되네요."

강도는 둥실 허공으로 10m 정도 수직으로 떠올라 아래를 재빨리 둘러보았다.

그러더니 그의 얼굴이 찌푸려졌다.

"빌어먹을……."

강도의 눈은 그 무엇보다 빠르다. 재빨리 세어보니까 1,078명이다.

2명이 빈다.

붕괴된 남산 기슭에 해일이 밀려올 때 다들 손을 꼭 잡으라고 했는데 물살에 2명이 손을 놓친 모양이다.

강도와 옥령을 제외한 1,080명 중에서 2명만 놓친 것은 정말 잘한 일이다.

화산 폭발과 지진으로 형편없이 붕괴된 남산 기슭을 휩쓴 해일 속에서 강도가 1,078명을 무사히 데리고 나온 것은 기적이라고 할 수 있다.

그때 사도지존인 적사황(赤邪皇)이 강도를 보면서 소리쳤다.

"신군이시여! 속하의 두 제자가 보이지 않습니다!"

강도는 고개를 끄떡였다.

"구해오겠다."

구인겸이 다급하게 외쳤다.

"주군! 총본에 연락하겠습니다!"

"그럴 시간이 없다!"

강도는 짧게 외치고 머릿속으로 조금 전의 상황을 떠올렸다.

'가자!'

총본의 월계 시스템을 작동하는 사이에 남겨두고 온 적사황의 두 제자는 해일에 휩쓸려 멀리 사라져 버릴 것이다. 그러면 영원히 찾지 못한다.

월계 시스템을 이용하지 않고서도 한 달 후 미래의 남산 기슭으로 갈 수 있을지 모르지만, 갈 수 있으면 다행이고 못 가면 어쩔 수 없다.

구인겸과 적사황 등은 허공에 떠 있는 강도의 모습이 갑자기 사라지는 것을 보았다.

스우우…….

강도는 사방이 온통 물바다인 곳의 허공에 나타났다.

주위를 둘러보았지만 어디가 어딘지 알 수가 없다.

남산은 화산 폭발로 형체를 알아보지 못할 정도로 떨어져 나갔으며, 찌그러지고 쓰러진 정상의 타워가 얼핏 물 밖으로 드러났으며, 시내의 고층 빌딩들도 다 물에 잠겨서 꼭대기들이 드문드문 보였다.

강도는 허공으로 수백 미터 이상 더 솟구치면서 사자후를 터뜨렸다.

"적사황의 두 제자는 어디에 있느냐?"

사자후는 사방 수십 km로 드넓게 퍼져 나갔다.

그러나 서쪽에서 동쪽으로 흘러가면서 모든 것을 집어삼키고 있는 해일 소리만 들릴 뿐이다.

콰아아…….

강도는 미간을 잔뜩 좁히고 정신을 집중했다가 벼락처럼 소리쳤다.

"떠올라라!"

소리치고 나서 그는 재빨리 사방을 둘러보았다.

그때 그는 아득하게 먼 물속에서 허공으로 치솟는 하나의 점을 발견했다.

수십 km 거리지만 강도는 그것이 두 사람이라는 것을 한눈에 알아보았다.

그들 둘은 한 덩이로 엉켜 있는데 머리가 축 처져 있는 것으로 봐서 죽거나 기절한 것 같았다.

스웃…….

다음 순간 강도는 두 사람 앞에 나타나 그들을 붙잡았다.

홍의와 녹의를 입은 그들은 젊은 일남일녀인데 몸에서 물이 뚝뚝 떨어졌다.

청년이 어린 소녀를 꼭 안고 있었는데 기절하면서까지 팔을 풀지 않은 것을 보니 청년이 죽어가면서까지 어린 소녀를 살리려고 발버둥 쳤다는 사실을 알 수 있어서 강도의 마음이 짠

해졌다.

해발 100m 이상 높이의 해일 속에서 무림 고수인 그들도 속수무책 당할 수밖에 없었다.

강도는 두 사람을 떼어내고 양손으로 각각 정수리에 손바닥을 덮어 약간의 진기를 주입했다.

"우왁!"

"푸아!"

잠시가 지나자 두 사람은 입과 코로 물을 토해내면서 앞다투어 깨어났다.

"정신이 드느냐?"

20대 초반의 청년과 16~17살가량의 소녀는 눈을 깜빡거리다가 강도를 발견하고 소스라치게 놀랐다.

"앗!"

"시, 신군님!"

강도를 알아본 두 사람은 그가 자신들의 정수리에 손바닥을 덮고 있는 것을 보고는 어떻게 된 일인지 깨닫고 크게 감격했다.

"신군님께서 속하들을 구하셨군요……."

"아아… 황송합니다, 신군님……."

강도는 빙그레 미소 지었다.

"날 꼭 붙잡아라. 사부에게 가자."

일남일녀는 남매인데 적사황은 여러 제자들 중에서 두 사람을 가장 아꼈다.

남매이며 사형지간인 두 사람은 떨어질세라 양쪽에서 강도의 몸을 꼭 안았다.

강도는 두 사람을 안고 머릿속으로 2017년 1월 4일 평창 대양리조트를 떠올리며 명령했다.

'가자!'


스으……

강도와 남매는 대양리조트 옥상에 나타났다.

그런데 옥상 전체에 태풍이 휩쓴 것처럼 물만 고여 있을 뿐 아무도 보이지 않았다.

아니, 음브웨와 옥령, 태청이 옥상 중앙에 있다가 저만치 옥상 끄트머리에 나타난 강도 일행을 발견하고 달려왔다.

"주군!"

"다들 어디 간 거냐?"

강도는 마음이 급해서 음브웨 등의 생각을 읽는 것보다 입으로 먼저 물었다.

옥령이 강도에게 다가오며 걱정스러운 얼굴로 대답했다.

"모두 강당에 있어요. 주군께서 3시간 늦게 오셨어요."

"3시간이나?"

옥령은 강도가 안고 있는 남매를 놓는 것을 보았다.

"적사황의 제자가 이들인가요?"

"그래."

옥령은 강도 앞에 바싹 다가서서 그의 가슴에 손을 댔다.

"주군께선 괜찮으신가요?"

이럴 때의 옥령은 정말 이모 같았다.


대양리조트 부속 건물인 대강당에는 강도의 측근들과 무림에서 온 오대지존을 비롯한 1,078명이 모여 있었다.

수십 명은 서 있으며 대부분 앉거나 누워 있었다.

앉거나 누워 있는 사람들 중에 부상자가 더러 있다.

그들은 전송 과정에 대양리조트 옥상으로 정확하게 착지하지 못하고 리조트 바깥 땅으로 떨어졌으나 부상은 그리 심하지 않았다.

대양리조트 측에서 미리 대기하고 있던 남녀 의료진들이 부상자들을 치료하고 있다.

스으…….

강도는 나타난 곳이 하필 강단이다.

그는 단상 아래 바글거리는 사람들 속에서 단번에 적사황을 찾아냈다.

"저기 사부가 있구나. 가봐라."

강도가 적사황을 가리키자 남매는 적사황을 눈으로 확인하고는 머뭇거렸다.

"왜 그러느냐?"

남매가 왜 머뭇거리는지 강도가 묻자 청년 즉, 오빠가 용기를 내서 물었다.

"신군님께서 일부러 저희를 구하러 오셨던 겁니까?"

"그래."

남매는 너무나 감격해서 가늘게 몸을 떨면서 아무 말도 하지 못하는데 눈에 눈물이 가득 고였다.

오빠는 주먹으로 눈두덩을 문질러 눈물을 닦았다.

"저희 같은 것들을 구하러 신군님께서 직접 오실 줄을 몰랐습니다……."

강도가 가지 않았으면 이들 남매는 자신들의 세상이 아닌 전혀 딴 세상의 짜디짠 서해 바닷물에 휘말린 채 서로 꼭 부둥켜안고 수중고혼이 됐을 것이다.

강도는 자신이 무림에서 데려온 1,080명 중에 낙오자가 발생하는 것을 용납하지 못했다.

그래서 다시 돌아갔던 것이다.

결과적으로 그는 남매를 구했으며 속으로 그들을 구하러 가길 정말 잘했다는 생각이 들었다.

그때 적사황이 남매를 발견하고 큰 소리로 외치며 단숨에 날아왔다.

"무탄(武彈)아! 용화(龍華)야!"

남매는 강단에 내려서는 적사황을 마치 헤어졌던 아버지를 대하듯 울면서 달려들었다.

"사부님!"

"으앙! 사부님!"

적사황 역시 제자라기보다는 잃어버렸던 자식들인 양 남매를 부둥켜안았다.

"이놈들!"

강도는 그 모습을 흐뭇하게 바라보았다.

옥령이 그가 미소 짓는 모습을 보면서 작게 속삭였다.

"그 미소는 디오가 아니라 이강도군요."

강도는 '어?' 하는 표정을 지었다가 고개를 끄떡였다.

"그래."

그러고 보니까 지금 강도는 몹시 인간적인 감성에 젖어 있다. 그가 디오일 때는 느끼지 못했던 것이다.


부상자들의 치료가 끝나고 모두 강단 아래에 모여 서 있다.

강단에 우뚝 서 있는 강도는 그들을 굽어보며 말문을 열었다.

"오느라고 수고했다."

55세의 정도지존 대정협(大正俠)이 포권을 하며 공손히 허리를 굽혔다.

"구해주서서 감사합니다."

강도는 손을 저었다.

"일이 끝나면 너희들에게 상을 내릴 것이다."

모두들 조용히 강도를 주시했다.

"무엇이든 원하는 대로 소원을 들어주겠다."

대정협이 허리를 펴고 정중하게 말했다.

"신군, 저희들은 오로지 신군의 명령으로 인류의 미래를 구하러 온 것이기에 대가를 바라지 않습니다."

천마황이 주먹으로 가슴을 두드렸다.

"그렇습니다, 신군. 우리는 아무것도 원하지 않습니다."

강도는 빙그레 미소 지었다.

"그렇기 때문에 소원을 들어주겠다는 것이다."

"그렇지만……."

"입 닫아라."

"……."

무림에서 천하마도를 쥐락펴락하는 천마황이지만 강도의 조용한 꾸짖음에 찔끔해서 고개를 숙였다.

강도는 모두에게 진지한 어조로 말했다.

"끝까지 살아남아라. 그러면 너희들이 원하는 것이 무엇이든 다 들어주겠다."

1,080명의 눈이 반짝거렸다.


대양리조트 회의실에 강도와 측근들, 그리고 천하오도의 지존들이 모였다.

모두 둥글고 커다란 테이블에 둘러앉아 심각한 표정을 짓고 있다.

측근들은 2월 4일 서울에 벌어진 상황에 대해서 옥령에게 설명을 들었다.

"지진 때문에 해일, 그러니까 쓰나미가 일어난 겁니까?"

범맹 부맹주 정훈이 긴장한 얼굴로 강도를 보며 물었다.

"아니다."

강도는 고개를 가로저었다.

모두들 불안한 시선으로 강도를 주시했다.

"해일이 밀려오기 직전에 내가 본 것이 있다."

"그게 무엇입니까?"

강도의 표정이 굳어졌다.

"요족이었다."

"아……."

측근들 입에서 신음이 새어 나왔다.

아비규환의 서울에 도착했을 때 아무도 보지 못했지만 강도는 요족을 분명히 목격했었다.

북한산과 남산에 화산 폭발, 그리고 서울 한복판에 대지진을 일으킨 것이 마계라고는 짐작했지만 설마 요계까지 있을 줄은 예상하지 못했다.

강도는 요족이 호수와 강, 심지어 바다까지 물에 관한 것은 마음대로 다룬다는 사실을 알고 있었다.

그러니까 해일은 요계가 일으킨 게 분명하다.

서울에서 화산 폭발과 지진이 일어났는데 서해 바다에서 해일이 일어날 리가 없다.

그런 사실들은 강도가 아는 것이 아니라 디오가 알고 있는 것이므로 정확하다.

구인겸이 조심스럽게 말했다.

"2월 4일이면 한 달 남았습니다."

강도는 미간을 좁혔다.

마계가 다시 침공할 것이라고는 예상하고 있었다.

북한산과 남산의 화산 폭발.

그리고 서울 시내 한복판의 대지진.

그것만으로도 대한민국의 수도 서울은 최악의 대혼란에 빠지고 말 것이다.

그런데 거기에 해일까지 덮쳤다.

마계의 재침공에 요계가 합세한 것이다.

그런 상황에서 마군과 요군이 연합하여 대한민국을 덮친다면 절대로 막을 수 없다.

강도는 바로 여기에서 강한 의혹이 생겼다.

강도와 격렬한 섹스를 하고 화해를 한 송자현은 바로 어제 요족들을 이끌고 외방계 페르다우로 돌아갔었다.

아니, 돌아간다고 말했었다.

요족들을 외방계에 데려다놓고 다시 오겠다면서 강도하고 잠시 헤어졌었다.

그런데 한 달 후에 마계가 화산 폭발과 대지진을 일으킨 시점에 요계가 해일을 일으켰다.

간단한 추리가 나온다.

마계와 요계가 연합 공격을 펼친 것이다.

그런데 간단한 추리에 답이 나오지 않는다.

뭄바 송자현이 요족을 이끌고 외방계로 들어갔는데 어째서 한 달 후에 요계가 마계와 연합해서 대한민국의 수도 서울을 침공할 수 있다는 것인가.

송자현이 변심을 한 것인가?

강도하고 뜨겁게 사랑을 나눌 때와 돌아선 후의 생각이 바뀌었다는 말인가?

그게 아니면?

'아니면?'

강도의 머릿속에서 반짝이는 생각이 있다.

강도나 디오였다면 생각해 내지 못할 텐데 스피리토가 있기에 떠올릴 수 있는 결론이다.

'일루미나티.'

뭄바의 영 말라이카가 말했던 일루미나티.

강도가 지금까지 확인한 바에 의하면 뭄바의 영 말라이카와 능력 에찌, 그리고 이슈텐의 능력 민덴허토샤크가 일루미나티였다.

그들이면 충분히 마계와 요계를 연합시킬 수 있다.

마계와 요계 연합군이 인류를 멸망시킨다.

그러고는 마계와 요계 둘이 합쳐서 3~4억도 안 되는 인구가 지구를 점령한 채 풍요를 누리면서 살아간다.

끝내주는 시나리오다.

한 달 후에는 멋들어지게 실행될 시나리오다.

아니, 그 시나리오는 이미 실행에 옮겨지고 있을 것이다.

강도의 표정이 단단하게 굳은 것을 본 측근들은 그의 생각이 어떤 결론에 도달했다는 사실을 깨달았다.

'자현에게 무슨 일이 생긴 거다.'

지금 당장은 아니더라도 앞으로 송자현에게 무슨 일이 생길 것이 분명하다.

말라이카와 에찌는 송자현의 영과 능력인데 그것들이 주동이 된 일루미나티가 설친다면 그녀에게 무슨 일이 생기지 않고는 불가능하다.

능력인 에찌는 말 그대로 능력이라서 기본적인 생각 외에는 명령에만 따를 뿐이다.

에찌를 움직일 수 있는 것은 말라이카, 그리고 송자현이다.

송자현에게 무슨 일이 생겼다면 에찌는 말라이카의 명령에 따를 것이다.

아니, 원래 말라이카와 에찌는 한통속이었으니까 송자현의 명령 같은 것은 안중에도 없다.

그러니까 주범은 뭄바의 영인 말라이카라는 결론이 나온다.

일전에 말라이카는 수노 혹은 본대비제로 활약하면서 디오인 강도까지도 속이려고 했었다.

'말라이카가 자현을 배신할 수 있는 건가?'

헤이든인은 현 세계 인간의 구조하고는 달리 헤이든인 본신과 영과 능력이 따로 독자적인 활동을 할 수 있다.

그렇다고 해도 영이 본신을 배신할 수는 없다. 본신이 없는 영과 능력이란 아무것도 아니기 때문이다.

그렇지만 현실에서는 영과 능력이 본신인 뭄바 송자현을 배신했다.

지난번 삼신의 전쟁 때 송자현과 이슈텐이 큰 대미지를 입고 은밀한 곳에 숨어서 오랫동안 휴식을 취하고 있을 때 말라이카는 제멋대로 활동을 하고 다녔었다.

그렇다면 그때 송자현에 대한 배신이 굳어졌을 것이다.

지금 어떻게 영이 본신을 배신할 수 있느냐는 의문 같은 건 중요하지 않다.

현실에선 말라이카가 송자현을 배신했다.

강도가 송자현에게 무슨 일이 생겼는지 알 수는 없다.

알아내려면 송자현에게 가야만 한다.

하지만 현 세계를 이대로 놔두고 송자현을 만나러 외방계에 가는 것은 큰 모험이다.

마계가 대한민국에 재침공하여 한 달 만에 화산과 지진을 일으키려면 전문가인 하롬이 실력을 발휘했을 것이다.

하롬은 강도 편이다.

강도가 그에게 마족이 평화롭게 살 수 있는 길을 열어주겠다고 약속했었기 때문에 웬만해서는 강도를 배신하진 않을 것이다.

그런데도 그가 서울에 화산 폭발과 지진을 일으켰다면 필경 그럴 만한 이유가 있을 것이다.

'하롬이라고 해도 이슈텐이 직접 개입하면 어쩔 수 없을 것이다.'

강도, 아니, 디오의 영 스피리토는 현재 상황과 앞으로 한 달 후에 일어날 참상에 대한 대비책을 강구했다.

'칠러그다.'

강도는 테이블에 앉은 사람들을 한 차례 둘러보았다.

"집중해라."

모두 자신을 주시하자 강도는 그들의 뇌리에 현재 상황에 대해서 생각을 심어주었다.

잠시 후 사람들은 현재 상황에 대해서 자세히 알게 되어 크게 놀라서 술렁거렸다.

"각자 좋은 의견이 있으면 말해봐라."

강도는 이미 어느 정도 생각이 정리됐으나 점검하는 의미에서 모두의 생각을 들어보고 싶었다.

그렇지만 아무도 입을 열지 않고 굳은 표정만 짓고 있다.

"오빠."

한참 후에 강도 왼쪽에 앉은 음브웨가 조심스럽게 입을 열었다.

음브웨는 공식적인 자리에서는 강도를 주군이라고 부르지만 사석에서는 오빠라고 부른다. 그런데 지금 그녀는 긴장한 나머지 호칭에 신경을 쓰지 않았다.

강도가 쳐다보자 음브웨는 망설이는 듯하면서 조심스럽게 말했다.

"샤하(Shaha)쿠카이는 뭄바하고 아주 친해요."

'샤하쿠카이'는 요계의 7명의 대족장 쿠카이 중에서 우두머리다. 말하자면 요계의 황제인 셈이다.

"우리는 샤하쿠카이가 뭄바의 대리인이라고 믿었어요."

"대리인?"

"네. 우리는 샤하쿠카이가 신의 권능을 발휘하는 것을 여러 번 봤어요."

음브웨는 두려운 표정을 지었다.

"샤하쿠카이는 날아다니기도 하고 산을 허물어뜨리기도 하는 등 신처럼 행동했어요. 그래서 우리 와다무들은 그를 뭄바와 거의 동격으로 존경했어요."

강도는 음브웨의 머릿속을 스캔했으나 더 이상의 쓸 만한 내용은 없었다.

그녀의 머릿속에는 샤하쿠카이가 어느 정도로 신처럼 군림했느냐는 장황한 설명이 가득했다.

"알았다."

강도는 말라이카가 뭄바를 배신하고 샤하쿠카이를 선택했다는 사실을 짐작했다.

지금으로선 뭄바의 영인 말라이카가 어떻게 그럴 수 있느냐는 중요하지 않다.

말라이카가 샤하쿠카이를 뭄바 대역으로 만들어서 조종한다는 사실이 중요했다.

태청을 시켜서 하롬의 약혼녀인 칠러그를 평창 대양리조트로 데려오도록 했다.

대양리조트는 일반인들을 완전히 소개시켜서 텅 비었기 때문에 최대한 5천 명까지 수용할 수 있다.

1,080명에게는 각각 객방을 할당해 주고 시설들을 어떻게 사용하는지 부하들에게 가르쳐 주도록 했다.

"칠러그, 묄드빌라그에 대해서 네가 알고 있는 것들을 다 알려줘야겠다."

칠러그는 거두절미하고 불쑥 말하는 맞은편의 강도를 눈을 동그랗게 뜨고 바라보았다.

객실 소파에는 강도와 칠러그가 마주 앉아 있고 음브웨와 옥령, 태청 세 사람은 주위에 서서 지켜보고 있다.

"어떤 것을……."

칠러그는 두려움과 애매함이 뒤섞인 표정으로 바라보았다.

"전부 다."

사실 강도는 칠러그가 알고 있는 것들을 다 필요로 하지는 않는다.

다만 그녀가 알고 있는 것들 중에서 쓸 만한 것들을 취하려는 것이다.

칠러그는 두 손을 앞에 모으고 공손하게 말했다.

"거즈더우람, 저의 주인님. 무엇이 필요한지 말씀해 주세요."

"무엇이 필요한지는 네가 알려다오."

칠러그는 애매한 표정을 지었다.

"화산과 지진에 대해서 생각해 봐라."

강도는 2월 4일에 마계와 요계가 연합하여 서울을 침공하는 미래의 상황을 칠러그 뇌리에 심어주었다.

한순간 칠러그는 눈을 커다랗게 뜨고 입을 크게 벌리며 놀라면서 한동안 아무 말도 하지 못했다.

"거즈더우람, 잠시만 기다려 주세요."

칠러그는 고개를 조아리면서 말하고는 한참 동안 눈을 깜빡이면서 깊은 생각에 잠겼다.

강도는 참을성 있게 기다리면서 칠러그의 생각을 읽어보았으나 그녀는 강도가 알려준 것을 토대로 이것저것 생각하느라 머릿속이 복잡했다.

그러다가 강도는 칠러그에게서 무언가를 읽고 흠칫했다.

"칠러그."

"아!"

그가 부르는 바람에 칠러그가 생각하던 것이 뚝 끊어지면서 흐트러졌다.

강도는 팔짱을 꼈다.

"아니다. 계속 생각해라."

칠러그는 코발트색의 커다란 눈동자로 강도를 바라보면서

그가 자신의 생각을 읽고 있다는 것을 알았다.

칠러그는 푈드빌라그에서 몇 손가락 안에 꼽히는 화산과 지진의 전문가다.

그녀는 한 달 후에 발생할 서울의 화산 폭발과 지진에 대해서 깊이 생각하고 있는 중이다.

강도는 칠러그가 생각하고 있는 것을 거의 동시에 읽으면서 얼굴이 점점 굳어지고 있었다.


"됐다."

칠러그가 더 이상 생각해 낼 것이 없는 것 같아서 강도는 손을 내저었다.

"음."

강도는 무겁게 낮은 신음 소리를 냈다.

칠러그는 '제 생각을 정확하게 다 읽으셨나요?' 하는 표정으로 강도를 바라보았다.

"칠러그, 네가 금지 구역으로 안내할 수 있겠느냐?"

"금지 구역이라는 것은……."

"너희가 화산과 지진을 관리하는 곳 말이다."

"아… 불칸콘트롤(Vulkánkontroll:화산 제어) 말이군요?"

마계는 지구상 거의 모든 구역의 화산과 지진에 대한 상세한 지저의 지도를 완성해 놓았다.

칠러그가 생각하는 중에 불칸콘트롤을 금지 구역이라고 강조했기 때문에 강도가 그렇게 기억하는 것이다.

칠러그는 어두운 표정을 지었다.

"지저에는 불칸콘트롤 산하의 관측소가 무척 많은데 제가 그 위치들을 일일이 다 기억하지 못해요."

관측소라는 곳은 칠러그가 지금 막 떠올린 것이다.

"관측소가 뭐냐?"

"말 그대로 화산과 지진을 관측하는 곳이에요."

"관측만 하느냐?"

"여태까지는 관측만 했지만……."

칠러그는 말끝을 흐렸으나 강도는 그 다음 생각을 읽었다.

관측소에서 화산과 지진에 대한 제어나 조작도 할 수 있다는 것을 말이다.

그렇다면 한 달 후에 발생할 서울의 화산 폭발과 지진도 서울에서 가장 가까운 불칸콘트롤 관측소에서 조작을 하게 될 것이다.

"서울, 아니, 대한민국 주변에 있는 관측소들을 다 찾아내야겠다."

"용서하십시오. 제가 기억을 하지 못합니다."

칠러그는 죄스러워하면서 어쩔 줄 몰랐다.

지구 아래의 지저 세계에 존재하는 관측소가 한두 군데가 아닐 텐데 그걸 칠러그가 다 기억한다는 것은 어불성설이다.

한 달 후에 서울에서 일어날 화산 폭발과 지진을 막으려면 기필코 서울에서 가장 가까운 관측소를 찾아내야만 한다.

그리고 더 나아가서는 대한민국에 화산 폭발과 지진을 일으킬 수 있는 관측소들을 다 찾아내서 기능을 마비시켜야만 한다.

관측소의 위치를 알아내려면 칠러그의 기억에서 끄집어내는 수밖에 없다.

"거즈더우람, 관측소를 알아내려면 지저 세계의 관측소들을 총괄하고 있는 불칸콘트롤에 가야만 합니다."

불칸콘트롤은 쾰드빌라그의 중심 국가인 쾰드쾨지텐게르에 있다는데 강도가 거길 간다는 건 불가능한 일이다.

강도는 팔짱을 풀고 상체를 숙여 칠러그와의 거리를 좁혔다.

"칠러그, 잘 생각해 봐라."

제36장
외방계로

칠러그는 자신이 가봤거나 들어본 적이 있는 관측소에 대해서 두루 생각했다.

그렇지만 그곳들은 그녀가 살던 필드쾨지텐게르 즉, 유럽 지저 세계이기 때문에 별 도움이 되지 못했다.

한 시간이 지날 무렵 칠러그는 착잡한 얼굴로 고개를 가로저었다.

"거즈더우람, 저는 더 이상 모르겠어요. 아시아 쪽으로는 알고 있는 관측소가 없어요."

지켜보던 사람들 얼굴에 실망이 떠올랐다.

조용히 기다리던 강도가 이윽고 입을 열었다.

"칠러그, 혹시 화산과 지진에 대한 기록이 있느냐?"

"있어요. 왕립 학교에서는 책으로 공부를 했어요."

"그 책들 중에 관측소에 대한 것이 있었느냐?"

칠러그는 고개를 끄떡였다.

"물론이에요. 그것들 중에는 불칸콘트롤과 관측소에 대한 것들만 통틀어서 모아놓은 책도 있어요."

"그 책을 생각해라."

"그렇지만 내용이 생각나지 않아요."

"책을 읽었던 계기와 시기를 생각해라."

칠러그는 의아한 표정을 지었다.

"그건 왜……."

묻다가 칠러그는 문득 어린 시절에 왕립 학교에 입학하여 불칸콘트롤에 관해서 집대성한 책을 처음 접했던 때가 불현듯 생각이 났다.

그때 그녀는 며칠에 걸쳐서 그 책을 깊이 탐독했었고 그게 계기가 되어 화산과 지진의 길로 들어섰었다.

하지만 지금은 그 책의 내용이 거의 생각나지 않는다. 다만 읽었던 시기와 그걸 읽었을 때의 대단한 흥분만 기억이 날 뿐이다.

그때 강도의 정신은 바늘처럼 뾰족하게 칠러그의 정신 속으로·파고들었다.

강도는 그녀가 책을 읽었던 과거 기억을 되살려 내고는 같이 책을 읽기 시작했다.

"아……."

칠러그는 깜짝 놀라 탄성을 토했다.

그녀의 머릿속에서 책을 최초로 읽었던 때가 환상처럼 되살아났기 때문이다.

그리고 책이 첫 페이지부터 한 장씩 천천히 넘겨지다가 속도가 점점 빨라졌다.

탁…….

이윽고 한 시간쯤 후에 칠러그는 기억 속의 책을 덮었다.

강도는 그녀의 기억과 눈을 통해서 알아낸 불칸콘트롤과 지저 세계에 흩어져 있는 수십 군데 관측소에 대한 내용을 잠시 정리했다.

"됐다."

강도는 칠러그를 보며 진지하게 물었다.

"관측소들을 폐쇄하려면 네 도움이 필요하다."

"거즈더우람을 돕겠어요."

강도는 두 번 더 무림에 다녀왔다.

그런데 두 번 다 현 세계에 제대로 도착을 하지 못했으며,

한 번은 과거에 떨어졌고, 또 한 번은 열흘 미래에 도착해서 새로 바로잡았다.

그렇게 두 번에 걸쳐서 무림 고수 2,140명을 데려와서 모두 합쳐 3,220명이 되었다.

무림 고수들은 모두 평창 대양리조트에 묵도록 했으며, 외부인의 출입을 철저하게 통제하고 무림 고수들도 리조트 밖으로 나가지 못하게 했다.

강도는 지저의 관측소들을 폐쇄하기 전에 송자현을 만나야겠다고 생각했다.

칠러그 덕분에 관측소들 위치를 알았으며 한 번 머리에 입력된 내용들은 절대로 지워지지 않을 것이다.

그러니까 먼저 송자현 일을 제대로 처리하는 것이 좋다.

송자현에게 무슨 일이 생겼기 때문에 한 달 후에 요계가 서울에 해일을 일으킬 수 있는 것이다.

강도는 그녀가 자신과의 약속을 철저하게 지킬 것이라고 믿었다.

그렇다면 서울에 해일을 일으키는 것은 그녀가 아니라 또 다른 존재일 것이다.

만약 강도가 마계 관측소들을 폐쇄하러 간 사이에 요계가 침입을 한다면 앉아서 고스란히 당할 수밖에 없다.

강도에겐 포르차와 스피리토가 다 있으니까 겁날 게 없다.


'자현에게 가자.'

강도는 속으로 명령했다.

그러나 그는 그의 숙소로 정해진 대양리조트 방의 소파에 그대로 앉아 있다.

그의 옆에는 음브웨가, 맞은편에는 옥령과 칠러그가 앉아 있는데 그녀들은 눈을 깜빡이면서 그를 바라보았다.

강도는, 아니, 디오는 과거에 외방계에 가본 적이 한 번도 없었다.

송자현을 만나는 것은 언제나 현 세계에서였다.

지저 세계 필드빌라그나 외방계는 디오에게 패한 이슈텐과 뭄바가 도망쳐서 은둔한 세계다.

그런 곳에 디오가 가야 할 이유가 없었다.

또한 송자현이 외방계로 도망치면 디오는 그녀를 찾아간 적이 없었다.

자신을 배신하고 이슈텐과 연합하여 공격하다가 도망친 그녀를 찾아갈 만큼 디오는 너그럽지 않았다.

수십만 년 동안 지구에서 살아왔지만 디오는 자신이 가지 못하는 곳이 있다는 사실을 오늘 처음 깨달았다.

아니, 어쩌면 외방계에는 갈 수 있으나 송자현에게 갈 수 없는 것일지도 모른다.

지금 강도가 외방계에 가는 것은 별 의미가 없다. 송자현을 만나는 것이 목적이다.

'자현이 있는 곳이 어디인지 보여라.'

강도가 다른 것을 명령했지만 여전히 아무런 변화가 없다.

송자현에게 무슨 일이 있는 게 분명하다.

그렇다면 이제부터 스피리토가 분석을 시작할 차례다.

스피리토는 강도의 두뇌하고는 달라서 독자적인 영역을 지니고 있다.

스피리토는 강도가 송자현에게 갈 수 없으며 그녀가 있는 곳을 보여주지도 못하는 상황을 여러 각도로 분석했다.

그러고는 가장 가능성이 높은 두 개의 가설을 내놓았다.

첫째는 외방계가 사라졌다는 것이고, 두 번째는 외방계가 다른 차원에 존재하고 있는 것이다.

그렇기 때문에 그곳에 갈 수도 보여줄 수도 없었다.

그런데 지금 당장 그것을 확인할 방법은 없다.

"음브웨, 외방계가 사라질 수도 있는 것이냐?"

강도의 갑작스러운 질문에 음브웨는 움찔 놀랐다가 잠시 후에 고개를 끄떡였다.

"네. 페르다우가 소멸할 거라는 말을 들었어요."

전에 음브웨의 동생인 얏코도 그런 비슷한 말을 한 적이 있었다.

음브웨는 우울한 표정을 지으면서 눈을 깜빡거렸다.

"자세한 것은 모르지만 페르다우가 점점 줄어들고 물이 없어진다는 소문이 돌았어요."

"음."

"우리 와다무들은 물이 없으면 살아갈 수가 없어요. 몸에서 수분이 마르면 죽거든요."

음브웨는 강도 덕분에 완벽하게 현 세계의 인간이 되었기 때문에 수분 같은 건 걱정하지 않아도 된다.

"너는 외방계에서 현 세계로 어떻게 왔느냐?"

"뭄바께서 길을 열어주셨어요."

"길을 열어?"

강도는 물으면서 음브웨의 생각을 읽었다.

원래 외방계로 통하는 입구는 아마존의 열대 우림과 아프리카의 정글, 보르네오의 밀림 속 세 군데지만 요족들을 대한민국으로 보내기 위해서 뭄바 송자현이 임시로 외방계에서 대한민국으로 나올 수 있는 길 즉, 통로를 임시로 열어주었다고 한다.

외방계가 원래 존재했었던 건지 송자현이 만든 건지는 모르겠지만 그녀라면 능히 통로 같은 것을 만들 수 있을 것이다.

강도는 중랑천이 한강으로 흘러드는 지점의 강가에 서서 주변을 날카롭게 살펴보았다.

정확하게 말하면 중랑천과 한강의 합류 지점에서 150m쯤의 중랑천 상류인 용비교 아래의 인도교다.

사람만 통행할 수 있는 목재로 만든 인도교 아래에는 무너미가 있으며 4개의 턱으로 이루어져 있어서 그곳으로 물이 작은 폭포를 이루며 한강 쪽으로 흘러내리고 있다.

"저기예요."

인도교는 금호동과 중랑천 건너에 있는 서울 숲을 연결하고 있는데, 음브웨가 서울 숲 쪽 인도교 아래를 가리키면서 그곳으로 내려갔다.

슛—

다리 위에 있던 강도는 음브웨가 내려가는 다리 아래로 옥령과 칠러그의 손을 잡고 이동했다.

이곳에는 강도와 옥령, 음브웨, 칠러그 4명이 왔다.

칠러그를 대양리조트에 혼자 남겨두는 것이 뭣해서 데리고 온 것이다.

다리 아래는 캄캄했지만 무공을 모르는 칠러그를 제외한 세 사람에게는 아무런 문제가 되지 않았다.

"여기예요."

음브웨는 다리 아래 끄트머리를 가리켰다.

그곳은 중랑천 물가에서 다리 아래의 구석까지 1.5m쯤 되는 폭으로 음습하고 어두웠으며 키가 큰 강도는 거길 보기 위해서 허리를 굽혀야만 했다.

그곳을 살피고 있는 강도 뒤에서 음브웨가 설명했다.

"저기가 외방계의 여러 입구들 중에 하나하고 겹쳐지는 겹차원(Sstackverse)이라고 말했어요. 저와 우리 겡게우찌와 부족은 저곳으로 현 세계에 왔어요."

지구상에 현 세계가 유일한 것 같지만 사실은 그렇지가 않다. 서로 다른 차원들이 동일한 위치에 겹쳐져 있는데 그것을 겹차원이라고 한다.

강도는 음브웨가 가리킨 곳을 세밀하게 살피는데 이상한 점은 전혀 발견되지 않았다.

그때 스피리토가 생각했다.

'겹차원을 열자.'

송자현이 했다면 강도라고 못할 게 없다.

스피리토의 지식에 비추어 봤을 때 겹차원이란 2개 이상의 공간이 겹쳐져 있는 것이며, 그 공간들의 끄트머리가 서로 충돌하는 지점이다.

그 지점의 틈을 인위적으로 찌그러뜨리거나 벌리면 틈이 발생하는데 그것을 차원 통로라고 한다.

그럴 때 기류가 강한 쪽이 약한 공간을 끌어당기는데 그런 상황에 주변의 경물이나 사람이 다른 차원으로 빨려 들어가거나 퉁겨질 수가 있다.

"모두 물러나라."

강도는 다리 아래 물과 땅이 만나는 지점을 주시하면서 나직하게 중얼거렸다. 옥령이 물러나면서 물었다.

"통로가 열리면 가실 건가요?"

"그래."

"혼자 가실 거죠?"

"당연하지."

"그럼 채널을 맞추세요."

옥령이 손목에 차고 있는 트랜스폰을 조작했다.

"HMC357.36이에요."

옥령은 강도가 뒷모습을 보인 채 우두커니 서 있는 걸 보고는 채근했다.

"어서 맞추세요."

"맞췄다."

옥령은 그가 생각만으로 트랜스폰의 채널을 맞췄다는 것을 알고서야 물러섰다.

그녀는 뒷걸음질 치다가 음브웨가 강도 뒤에 가깝게 서 있는 것을 보고 그녀를 물러나게 하려고 팔을 뻗었다.

"음브웨, 물러나도록……."

화아악!

"……."

바로 그때 눈앞이 번쩍하면서 빛이 작열해서 옥령은 움찔 놀랐다.

그 빛은 밝지 않았고 오히려 어두웠다. 굳이 설명하자면 검은빛 흑광(黑光)이다.

그런데 강도의 모습이 보이지 않았다.

다리 아래 구석 쪽에는 마치 잔잔한 수면에서 일고 있는 동그라미 파문 같은 새카만 물결이 일렁거렸다.

그 한복판에서 방금 무언가 빠진 것처럼 검은 물방울이 톡… 하고 솟구치고 있었다.

그리고 옥령이 지켜보고 있는 중에 음브웨가 엎드린 자세로 파문의 한복판을 향해 다이빙하는 것처럼 날아가고 있다.

옥령은 반사적으로 자신도 그 안으로 뛰어들어야 한다고 생각했다.

그러나 그녀가 자세를 취하기도 전에 음브웨의 모습과 새카맣게 일렁이던 파문이 씻은 듯이 사라져 버렸다.

"주군……."

옥령은 망연자실해서 컴컴한 다리 아래 구석을 쳐다보았다.

"아… 거즈더우람……."

그때 옥령은 자신의 뒤에서 중얼거리는 목소리를 듣고 돌아보았다.

거기에는 칠러그가 코발트색 커다란 두 눈에 눈물을 가득 담은 채 겁에 질린 모습으로 서 있었다.

음브웨는 얼떨결에 강도를 따라서 차원 통로 속으로 빨려 들어간 것이 아니다.

그녀는 처음부터 강도하고 같이 외방계에 가려고 작정을 했기 때문에 최대한 그에게 가깝게 붙어 있었다.

완벽하게 현 세계의 인간이 된 음브웨가 외방계로 다시 돌아가는 것은 위험천만한 일이다.

그런데도 강도를 따라간 것은 외방계에 대해서 전혀 모르는 그를 안내해 주기 위해서다.


강도는 허공에서 갑자기 불쑥 나타나 아래로 떨어졌다.

아래라고 해봐야 2m 정도의 높이라서 그냥 내려서면 된다.

그는 땅에 내려서면서 방금 자신이 나온 허공을 올려다보다가 미간을 좁혔다.

허공에서 불쑥 튀어나오고 있는 물체가 음브웨라는 것을 알아봤기 때문이다.

"아……."

허공에서 머리부터 빠져나온 음브웨는 몸이 기우뚱해서 아래로 떨어졌다.

강도가 손을 뻗자 음브웨는 허공에서 빙그르 반 바퀴 회전해서 강도 옆에 살며시 내려섰다.

음브웨의 가느다란 허리에 팔을 두르고 그녀의 생각을 읽은 강도가 꾸짖었다.

"짐이 되려고 따라왔느냐?"

음브웨는 그의 어깨에 머리를 기대면서 생긋 미소 지었다.

"짐이 될지 도움이 될지는 두고 봐야죠."

그녀는 강도하고 단둘이 있게 되자 지금 상황이 어떻든 상관없이 매우 행복해 보였다.

강도와 음브웨는 끝없이 펼쳐진 초원에 서 있었다.

산 같은 것은 보이지 않고 그저 보이는 것은 전부 초원이다.

그런데 초원이 아니다.

강도와 음브웨 발아래는 풀이 깔려 있지만 그 아래는 물이다. 즉, 여긴 늪지대다.

음브웨는 강도의 허리에 팔을 두르고 초원을 응시하며 입을 열었다.

"여긴 예전에 우리 부족이 출발했던 곳이에요.

강도는 드넓은 초원의 오른쪽 25km쯤에 높게 솟은 길쭉한 바위들이 모여 있는 것을 발견했다.

음브웨는 강도가 보고 있는 방향을 쳐다보면서 설명했다.

"저쪽에 우리 겡게우찌와부족이 살던 마을이 있어요. 마오지토라는 곳인데 마오지토 부족이 살고 있어요. 우리 겡게우찌와는 마오지토족의 한 갈래예요."

이곳에서 오른쪽 25㎞ 거리에 있는 바위들이 강도에겐 잘 보이지만 음브웨는 전혀 보이지 않았다.

그래도 음브웨는 저기 어디쯤에 자신들 부족이 살던 마을이 있다는 사실을 알고 있다.

"음브웨, 뭄바의 카스리(성전)는 어디냐?"

강도의 물음에 음브웨는 하늘을 올려다보았다.

하늘 서쪽의 꽤 먼 곳에 해가 떠 있으며 반대쪽에 3개의 작은 달이 삼각형으로 떠 있었다.

음브웨는 해가 떠 있는 곳의 우측을 가리켰다.

"해가 떠 있는 곳이 서쪽인데 저쪽으로 두 달쯤 가면 음보보 호수가 나오고 그곳 북쪽 호숫가에 카스리가 있을 거예요. 하지만 저는 한 번도 카스리에 가본 적이 없어요."

"두 달이나 걸린다고?"

음브웨는 고개를 갸웃거렸다.

"이곳의 거리를 현 세계의 ㎞로 환산하면 대략 2,000㎞쯤 될 거예요."

음브웨는 뒤쪽을 돌아보며 가리켰다.

"여기가 페르다우의 남쪽 끝이에요."

그러고 보니까 강도는 여기에 와서 뒤돌아본 적이 없다.

그는 음브웨의 시선을 따라서 뒤돌아보다가 뜻밖이라는 표정을 지었다.

뒤쪽, 그러니까 남쪽에도 앞쪽과 마찬가지로 끝없는 초원이 펼쳐져 있었다.

강도가 뜻밖이라는 표정을 지은 이유는 남쪽의 전경이 앞쪽의 전경과 똑같았기 때문이다.

강도가 앞쪽에서 봤던 길쭉길쭉한 바위군(群)이 남쪽에서도 그대로 보였다.

다만 거리가 다를 뿐이다. 앞쪽의 바위군은 25km인데 남쪽은 50km쯤으로 앞쪽의 두 배였다.

잠시 뒤돌아본 강도는 외방계의 남쪽 끝이라는 이곳이 반대편 북쪽과 똑같은 경치지만 단지 거리가 다를 뿐이라는 사실을 알게 되었다.

"남쪽으로 계속 가도 우리 겡게우찌와가 살던 마오지토가 나와요. 하지만 남쪽으로 가면 두 배 정도 멀어요. 왜 그런지는 몰라요. 아마 여기가 세상의 끝이라서 그럴 거예요."

외방계 끝으로 계속 가면 뒷걸음질하는 것과 같은데 거리는 두 배다.

누가 만들었는지 묘하다.

"페르다우는 거의 물로 이루어졌기 때문에 우린 배로 다녀

요. 음보보 호수까지 두 달 걸리는 것은 배로 가기 때문이에
요. 뛰어가는 정도의 속도예요."

음보보가 몸을 밀착시키면서 살갑게 웃으며 설명했다.

"가자. 널 업어야겠다."

강도가 무릎을 굽히자 음보보가 쭈뼛거렸다.

"좋은 방법이 있기는 한데……."

강도는 그녀의 생각을 읽고 조금 어이없는 표정을 지었다.

"네가 내 안에 들어온다는 말이냐?"

강도는 그녀의 생각을 대충 읽느라 더 자세한 내용을 알지
못했다.

"네."

음보보는 얼굴을 살짝 붉혔다.

강도는 고개를 끄떡였다.

"그거 괜찮은 방법이구나. 네가 내 안에 들어오면 한 몸이
되는 것이냐?"

'한 몸'이라는 말이 묘한 여운을 남겼다.

사실 요족 와다무들은 한 달에 한 번 발정기 때 남녀가 톰
바를 하면 신기한 현상이 벌어진다.

남녀가 한 몸 즉, 일체(一體)가 된다.

서로의 생식기가 결합된 상태에서 두 몸이 하나로 합쳐지
는 것이다.

남녀 중에서 어느 누구라도 결합 해제를 원하지 않으면 그런 상태로 하루 종일 있을 수 있지만, 하루가 지나면 자연히 해제되어 두 몸으로 나누어진다.

"오빠, 그러려면……."

음브웨는 얼굴을 살짝 붉혔다. 그녀는 내심 앙큼한 상상을 하면서 설명했다.

"제가 오빠하고 톰바를 해야지만… 아앗!"

스와앗!

그런데 설명하던 그녀는 갑자기 연기가 환풍기로 빨려 나가듯이 강도의 몸속으로 순식간에 사라져 버렸다.

"아앗! 오빠! 오빠!"

음브웨는 강도 몸속에서 소리 질렀지만 밖에는 들리지 않고 오로지 강도 귀에만 들릴 뿐이다.

강도는 음브웨의 말을 곧이곧대로 들었다. 즉, 음브웨를 다짜고짜 자신의 몸속에 욱여넣은 것이다.

사실 음브웨는 좋은 방법이라고 말을 꺼내놓고서도 그것이 성사될 리는 없다고 생각했다.

그녀의 생각으로는 한 몸이 되려면 강도와 그녀 자신이 톰바 즉, 교미를 해야만 하는데 그게 가능하기나 한 일이냐는 말이다.

우선 음브웨는 백번 천번 그럴 마음이 있다고 해도 강도가 그녀와 톰바를 할 리가 없다.

또한 음브웨는 현 세계의 인간이 되었기 때문에 톰바를 하더라도 강도와 한 몸이 될 수가 없다고 생각했다.

톰바로 한 몸이 되는 것은 요족들만이 가능한 전유물이기 때문이다.

그런데 우격다짐으로 강도가 그걸 해버렸다.

사실 안 되는 건데 신력(神力)으로 강제로 해버린 것이다.

그는 음브웨의 제안을 단순하게 받아들였다.

강도는 바닥에 흩어져 있는 음브웨의 옷을 내려다보았다.

바닥에는 음브웨의 겉옷부터 팬티까지 고스란히 벗겨져서 흩어져 있다.

말하자면 그녀는 강도의 몸속으로 들어가면서 매미가 허물을 벗듯 옷을 깡그리 벗어던진 것이다.

옷은 입은 상태에서 강도의 몸속에 들어갈 수 없기 때문이다. 즉, 맨몸이 맨몸과 결합했다.

"이거……."

흩어져 있는 옷들을 보고서야 강도는 음브웨가 알몸으로 자신의 몸속에 들어갔다는 사실을 깨달았다.

그렇지만 이때까지도 그는 그것을 별로 대수롭지 않게 치부해 버렸다.

그리고 음브웨가 자신의 몸속에 합체되어 있다는 사실이

조금도 느껴지지 않는데 다만 아랫도리 즉, 남자의 상징이 조금 묵직하고 뻐근하다는 느낌이 들 뿐이다.

"음브웨야, 어디로 가면 되느냐?"

"……."

강도가 물었지만 음브웨는 대답이 없다. 그저 할딱거리는 숨소리만 들렸다.

"음브웨야, 어디로 가느냐? 내 눈을 통해서 밖을 봐라."

잠시 후에 음브웨의 거친 숨소리가 들렸다.

"하아아… 해가 떠 있는 쪽이 서쪽이에요. 음보보 호수는 서쪽에 있어요… 이제 말 시키지 말아요……."

강도는 뭔가 조금 께름칙했지만 더 이상 묻지 않았다.

이어서 풀 위를 미끄러지듯이 나아갔다.

스사아아—


강도가 아까 현 세계와 외방계를 잇는 차원 통로에서 봤던 바위군 가까이 이르렀을 때 음브웨가 갑자기 뾰족하게 소리를 질렀다.

"오빠! 와다무로 변신해야 돼요."

강도는 뚝 멈추었다.

"현 세계 인간 모습을 하곤 페르다우에서 돌아다닐 수 없어요! 어서 변장하세요!"

음브웨가 다급하게 외쳤다.

강도는 정말 바보처럼 외방계에 들어와서도 현 세계 인간의 모습을 하고 돌아다니는 결정적인 실수를 범했다.

더구나 그는 이미 수십 개의 바위군에 2㎞ 정도 가까이 접근해 있는 중이다.

또한 바위군을 중심으로 그 근처에 꽤 많은 배가 떠다니고 있는 광경을 뻔히 보고서도 그들을 향해 돌진하듯이 달려가고 있었다.

"변신하지 않고 중가(이방인) 모습으로 돌아다니다간 페르다우가 발칵 뒤집힐 거예요!"

뒤늦게 그런 사실을 깨달은 음브웨는 강도의 몸속에서 야단법석을 떨었다.

"무엇으로 변신하는 게 좋겠느냐?"

강도는 외방계 내부에 대해서는 아는 게 거의 없다.

"가장 흔한 우슈자로 변신하세요. 그게 행동하는 데 편할 거예요."

우슈자가 요족 최하위 평민보다 한 단계 높은 9위라는 사실만 알고 있는 강도다.

"우슈자를 본 적이 없다."

본 적이 있어야지만 변신이 가능하다.

"우푸망이나 탐바찌음투, 카카라음투도 못 보셨나요?"

"다 못 봤다."

"그럼 오빠로 하세요."

"변신하지 말라는 거니?"

강도는 그냥 오빠 그러니까 자신의 모습을 유지하라는 말로 알아들었다.

"우리 친오빠 와노 말이에요. 바우만이잖아요. 바우만은 본 적 있죠?"

"그래."

말하면서 강도는 어느새 와노의 모습으로 변화시켰다.

"변했어요?"

"그래."

강도는 예전에 와노를 현 세계 인간으로 변화시켜 주면서 그의 진면목을 본 적이 있었다.

"그리고 복장을 바꿔요."

강도는 바위군 근처에 있는 요족들의 복장을 살펴보았다.

그들은 모두 하체의 중요한 부위만 겨우 가린 모습이다.

현 세계로 치자면 핫팬츠다.

더구나 여자들은 가슴을 드러내 놓고 다녔다.

이곳은 현 세계의 열대 기후와 비슷해서 사시사철 평균 섭씨 25도 이상을 유지한다.

강도가 입고 있는 재킷과 바지, 속옷 따위가 한순간 먼지가 되어 스러지더니 요족 남자들이 입는 재질의 짧은 팬츠가 입혀졌다.

그가 다시 출발하려고 할 때 제법 가깝게 다가온 배에 타고 있는 5명의 요족 남녀가 그를 발견했다.

"와노 브와나(Bwana：군주)!"

그들은 강도를 보고 깜짝 놀라더니 배에서 무릎을 꿇고 엎드려 절을 올렸다.

"음… 춤비(Chumvi：절인 생선)족이에요."

음브웨가 강도의 눈을 통해서 그들을 보고는 설명했다.

그녀의 목소리는 목이 잠긴 듯했다.

"우리 겡게우찌와 옆에 사는 작은 소부족이고 300명쯤인데 부족명만 다를 뿐 같은 마을이나 마찬가지예요."

"왜 내게 절하는 거지?"

"오빠가 바우만이잖아요. 마오지토 전체에는 바우만이 8명뿐인데 춤비족에는 바우만이 없어요."

"이제 어떻게 하지?"

강도는 귀찮았으나 저들을 이대로 뿌리치고 떠나면 의심을 할 거 같았다.

"그들의 생각을 읽어보세요."

강도는 음브웨 말대로 자신에게 절을 하고 있는 춤비족 남녀 5명의 생각을 읽어보았다.

그들은 매우 절박한 심정이었다.

외방계 마오지토 부족 회의 결과, 현 세계로 이주하는 소부족 중에서 춤비족은 제외당했다.

그것 하나만으로 강도는 새로운, 그리고 충격적인 사실을 알게 되었다.

외방계의 요족들은 현 세계로의 이주를 계획하고 있다.

아니, 어쩌면 지금 현재 실행하고 있는지도 모르는 일이다.

요계는 현 세계로 이주할 일정한 수를 정해놓고는 곁가지를 쳐냈다.

어쨌든 춤비족 300명은 현 세계로의 이주에서 제외되어 몹시 절망하고 있다.

외방계는 소멸해 가고 있는데 춤비족은 이곳에서 계속 살아야 하기 때문에 절망하고 있는 것이다.

그래서 갑자기 나타난 바우만 와노를 발견하고 그에게 절하면서 애원하고 있었다.

요계는 7개의 대부족이 있는데 마오지토족은 그중 하나이며 전체가 150만 명으로 가장 적다.

다른 6개 부족의 부족원 수는 평균 1,400만 명인 것을 감안하면 마오지토족의 부족원은 턱없이 적다.

거기에는 피치 못할 사연이 있으며 그 사연은 순전히 부족 간의 교묘한 음모에 의한 것이었다.

하지만 그것은 마오지토족의 사정일 뿐이지 아무도 그것을 너그럽게 봐주지 않는다.

요계 전체에서 바우만은 정확하게 987명이 있다.

마오지토족은 바우만이 8명뿐이고 그 역시 7개 부족 중에서 가장 적다.

7개 부족의 대족장은 요계 1위 드빌(Dbill:초월자)이며 요계를 이끌어 가는 7명의 쿠카이 중에 한 명이다.

2개의 길쭉한 카누 형태의 배에 평평한 나무를 올려서 제법 넓은 공터를 만들고, 그 위에 선실로 사용하는 듯한 나무로 만든 집이 얹혀 있는 배의 갑판에 엎드려 있는 5명은 한동안 움직이지 않았다.

"아… 일어나라고 해요."

음브웨가 나직한 한숨을 섞어서 말했다.

"일어나라."

강도가 와다무어로 말하자 5명은 조심스럽게 상체를 폈지만 그대로 무릎을 꿇은 자세다.

"와노 브와나, 언제 돌아오셨습니까?"

5명 중에서 나이 들어 보이는 한 명이 공손하게 물었다.

강도는 대답하지 않고 건성으로 고개를 끄떡였다.

그때 음브웨가 강도의 눈을 통해서 그들을 보다가 낮은 신음 소리를 냈다.

"저런……."

"왜 그러느냐?"

"저 가운데 두 명의 여자 중에 왼쪽 카펨부아가 오빠의 애인이었어요."

배 위에 무릎을 꿇고 있는 5명 중에 좌우의 3명은 남자이며 가운데 2명이 여자인데 그중에 왼쪽 여자가 카펨부아다.

강도는 무림에서 현 세계로 처음 온 다음 날 지하철에서 카펨부아와 마주쳤으며 그녀의 사타구니에 매달린 정혈낭을 잘라내서 죽인 적이 있었다.

저 여자는 강도가 죽인 카펨부아하고 전혀 다른 모습이고 그녀보다 훨씬 아름답고 매혹적이다.

인간 여자와 거의 다를 바가 없으며 이마 한복판에 세모꼴의 붉은색이 도드라졌다.

그리고 보니까 배 위에 무릎을 꿇고 있는 카펨부아는 강도의 얼굴에 시선을 고정시킨 채 매우 애잔한 표정을 짓고 있었다.

강도는 여전히 우뚝 선 채 그들에게 어떤 제스처도 보이지 않으면서 음브웨에게 물었다.

"와노의 애인이었다고?"

"네."

"와노는 부인이 있잖느냐?"

"음······."

음브웨는 목에 생선 가시가 걸린 듯한 신음 소리를 냈다.

"와노도 라이니카(Lainika:매끄러운 여자)를 사랑했어요. 그렇지만 아버지가 반대했어요."

"왜지?"

"아버지의 명령으로 와노는 앙가(Anga:밝은)족 족장의 딸하고 결혼했어요. 그녀는 라이니카보다 높은 우쭈리예요. 또한 그녀의 아버지는 바우만인데 마오지토 대족장 쿠카이의 신임을 받고 있기 때문에 우리 겡게우찌와족이 선발대에 뽑혀 현세계에 갈 수 있도록 힘을 써주었어요."

말하자면 와노는 아버지 때문에 힘없는 카펨부아 연인을 버리고 힘 있는 앙가족 족장의 딸 우쭈리하고 정략결혼을 한 것이다.

와노는 눈앞의 슬픈 표정을 짓고 있는 라이니카라는 카펨부아보다 3단계 높은 지위의 우쭈리와 결혼했으며, 그녀의 아버지 힘으로 겡게우찌와는 선발대로 외방계를 빠져나가는 데 성공했다.

그러니까 저기 라이니카는 희생양이 된 것이다.

"와노 브와나, 잠시 올라오십시오."

조금 전에 말했던 라이니카의 큰오빠가 정중한 얼굴로 굽실거리면서 말했다.

그렇지만 강도는 배에 올라가서 그들의 징징거리는 소리를 듣고 싶은 생각이 추호도 없다.

"그냥 가요."

음브웨의 말에 강도가 몸을 움직이려고 하는데 하필 그때 강도는 라이니카의 생각을 읽었다.

―알려줄 게 있어요. 제발 올라오세요.

라이니카는 강도가 자신의 생각을 읽을 줄은 꿈에도 모르고 있었다.

강도가 읽은 내용을 음브웨도 공유했다.

라이니카가 알려줄 게 있다면 잠시 들어보는 것도 나쁘지 않은 일이다.

그는 천천히 한 걸음 내디뎠다.

스으……

배 위의 5명은 강도가 깊이 10m 이상의 호수 위에 떠 있는 수초를 밟으며 미끄러지듯이 다가오는 광경을 홀린 듯한 표정으로 바라보았다.

더구나 강도가 한 걸음을 내디디는가 싶더니 물 흐르듯이 앞으로 미끄러지다가 훌쩍 떠올라 5명 앞에 가볍게 내려서는 광경을 보고는 눈을 휘둥그렇게 떴다.

바우만에게는 이런 놀라운 재주가 없기 때문이다.

하지만 강도는 구태여 그런 걸 감추고 싶지 않았다.

외방계는 철저한 계급 사회다.

지위가 한 단계라도 높으면 모든 면에서 깍듯해야 하고 철저히 굴신해야 한다.

그것은 같은 가족이며 형제라고 해도 예외가 아니다.

이들 5명은 4남매이고 라이니카 옆의 여자는 큰오빠의 부인이다.

큰오빠는 요계 7위 탐바찌음투이고 부인은 8위 우푸망, 두 명의 남동생은 9위 우슈자이다.

큰오빠 공고(Gongo:언덕)는 7위이기 때문에 하나뿐인 여동생 5위 카펨부아 라이니카에게 함부로 하지 못한다.

요계의 기본적인 신분은 원래 타고나는 것이지만, 라이니카처럼 어렸을 때 집을 떠나 좋은 스승을 모시고 공부와 훈련을 병행하여 어려운 관문을 통과하면 더 높은 지위에 오를 수 있다.

"와노 브와나."

큰오빠 공고가 공손히 말을 하려는데 라이니카가 팔을 뻗어 제지했다.

무릎을 꿇은 자세로 상체를 꼿꼿하게 펴고 공고를 향해 팔을 뻗고 있는 라이니카의 모습은 강도가 보기에도 상당히 뇌쇄적이다.

긴 목과 좁은 어깨, 움푹 파인 쇄골, 그 아래에 터질 듯이 탱탱한 유방이 물결처럼 흔들렸다.

라이니카는 조심스럽게 일어나 배 위에 있는 아담한 집을 가리켰다.

"들어오세요."

강도가 그녀를 따라가는데 공고를 비롯한 4명은 두 손으로 바닥을 짚고 그에게 절을 했다.

집 안은 밖에서 본 것보다 넓고 아늑했다.

한쪽에 주방이 있으며 주위에 녹색의 가죽이 깔렸고, 푹신하고 낮은 의자가 3개 놓여 있었다.

작은 창으로 빛이 스며들어 오지만 실내는 어두컴컴했다.

라이니카는 우뚝 서 있는 강도 앞에 오도카니 서서 그를 말끄러미 바라보았다.

1m 앞에 서 있는 여자는 강도에겐 그저 요족 카펨부아지만 그녀에겐 얼마 전까지 연인이었던 사람이다.

라이니카는 강도의 표정이 덤덤한 것을 보고는 쓸쓸한 표정을 지으며 의자를 가리켰다.

"앉으세요."

그리고 라이니카는 의자에 앉은 강도 앞에 무릎을 꿇었다.

강도는 그녀가 무릎을 꿇고 있는 것이 께름칙했지만 가만히 있었다.

라이니카가 무엇을 알려주고 싶어 하는지 궁금했다.

"뭘 말해주고 싶은 것이냐?"

라이니카는 조금 놀라는 표정을 지었다.

"와노, 당신의 목소리가……."

강도는 표정이 변하지 않고 와노의 목소리를 흉내 냈다.

"내 목소리가 어떻다는 것이냐?"

라이니카는 와노의 목소리를 들어서 안심했지만 그의 냉정함 때문에 가슴이 아픈 표정을 지었다.

"저에게 왜 화를 내나요?"

"화내지 않는다."

"으흑……."

라이니카는 두 손으로 유방을 움켜잡았다.

심장이 쥐어짜는 것 같아서 가슴을 잡은 것인데 유방이 잡혔다.

그녀의 가느다란 손가락 안에서 탱탱한 유방이 찌그러졌다.

요족은 눈물을 흘리지 않는다. 그렇지만 눈물을 흘리지 않는 라이니카의 커다란 두 눈이 눈물을 흘리는 것보다 훨씬 더 슬프게 보였다.

강도는 그녀가 진정할 때까지 묵묵히 기다리면서 그녀의 생각을 읽었다.

그녀는 강도를, 아니, 와노를 지금도 죽을 만큼 사랑하고 있으며 그를 조금도 원망하고 있지 않았다.

그리고 그녀는 와노에게 알려줄 말이 있는데 놀랍게도 그것은 뭄바에 대한 일이었다.

뭄바는 깊은 상처를 입고 도망치다가 어떤 은밀한 곳에 숨어 있는데 그곳이 어딘지 알 수가 없다.

라이니카의 머릿속에 그 장소가 그려져 있지만 강도로선 알지 못하는 곳이다.

강도는 두 손을 뻗어 라이니카의 양쪽 어깨를 잡고 끌어당기면서 급히 물었다.

확!

"아……"

"뭄바는 어디에 있느냐?"

양쪽 어깨가 붙잡힌 라이니카는 앉아 있는 강도 앞 허공에서 이리저리 흔들거렸다.

"아… 그걸 어떻게……."

강도가 어깨를 세게 잡아서 라이니카는 작은 몸이 부서질 것만 같았다.

"아… 아파요."

강도가 내려놓자 라이니카는 비틀거리다가 그의 무릎에 앉았다.

"와노, 내 사랑……."

그녀는 마주 보는 자세로 두 팔을 뻗어 그의 목을 안으려고 하며 바싹 다가들었다.

음브웨가 급히 말했다.

"라이니카는 발정기예요."

음브웨는 라이니카 이마의 세모꼴이 평소보다 더욱 강하게 붉은빛으로 반짝이는 것을 발견한 것이다.

어느새 라이니카는 두 팔로 강도의 목에 매달려 종이 한 장 들어갈 틈 없이 몸을 밀착시켰다.

그녀는 몹시 짧은 하의만 입고 있는데 놀랍게도 치마다. 즉, 아래가 터지고 그 안에 아무것도 입지 않았다.

그게 외방계에서의 요족들의 복장이지만 강도로선 알 리가 없다.

더 놀라운 일은 강도 역시 똑같은 복장 즉, 밑이 터진 짧은 치마를 입고 있다는 사실이다.

그리고 라이니카가 마주 보는 자세로 무릎에 앉아 바싹 다가올 때 치마가 걷어 올라갔으며, 현재 그의 남성 위에 라이니카가 앉아 있는 상태다.

강도는 손으로 라이니카의 목을 움켜잡고 팔을 앞으로 쭉 뻗었다.

"요망한 년."

"끄윽……."

강도는 라이니카의 목을 살며시 움켜잡았지만 그녀는 눈동자가 홱 돌아가고 입에서 침이 흘러나왔다.

"그만두세요! 그러다가 죽겠어요!"

음브웨가 급히 소리치자 강도는 손에서 힘을 완전히 뺐다.

"라이니카는 이미 발정을 시작했어요."

음브웨와 생각을 공유하고 있는 강도는 이맛살을 찌푸렸다.

요족 여자는 한 달에 한 번 3일 동안 발정기가 찾아오는데 그때 발정기를 보내는 방법이 두 가지다.

하나는 발정관(發情管)을 닫아버려 아예 톰바를 원천 봉쇄하는 것인데 주로 결혼을 하지 않은 여자들이 이 방법을 선택한다.

또 하나는 발정관을 개방해서 발정을 하는 것인데 이때 남자 요족과 톰바를 하지 않으면 발정이 과잉하여 피가 머리로 솟구쳐 심한 뇌출혈 같은 것을 일으키게 된다.

그러면 죽거나 전신 마비, 아니면 반신불수가 되고 만다.

요족 남녀가 사랑을 나누고 톰바를 해서 잉태를 하려면 반드시 발정관을 열고 발정을 해야만 한다.

라이니카는 강도의 목을 끌어안고 그의 몸을 밀착시킬 때 발정관을 열어서 발정을 시작했던 것이다.

그것은 자의가 아니라 와노의 품에 안기는 순간 주체할 수 없을 정도로 거세게 발정관이 열려 버렸다.

강도가 손을 놓자 라이니카는 맥없이 바닥에 쓰러져서 심하게 기침을 해댔다.

강도는 불쾌한 표정으로 그녀를 쏘아보았다.

라이니카 머릿속에 뭄바가 있는 곳이 그려지고 있지만 거기가 어딘지 알 수가 없다.

생각을 공유하고 있는 음브웨도 그 장소가 어딘지 알지 못해 거기에 대해서는 입을 닫고 있다.

강도는 다시 라이니카의 생각을 읽어보았다.

그러나 그녀의 머릿속에는 강도, 아니, 와노를 사랑하는 마음으로 가득 차 있어서 뭄바에 대한 내용을 읽는 것이 쉽지 않았다.

강도는 미간을 좁히고 라이니카의 머릿속을 해부하듯이 차근차근 읽어 나갔다.

그리고 마침내 한 가지 사실을 더 알아냈다.

요계 최고 지도자 대족장 중에 대족장인 샤하쿠카이가 뭄바를 공격하여 큰 상처를 입힌 것이다.

'샤하쿠카이가?'

강도의 눈이 차갑게 번들거렸다.

샤하쿠카이가 제아무리 대단하다고 해도 요족 따위가 송자현에게 큰 상처를 입혔을 리가 없다.

말라이카와 에찌가 샤하쿠카이를 도운 것이 틀림없다.

그것들이 샤하쿠카이의 몸에 들어간다면 기존 뭄바의 절

반 이상의 능력을 발휘할 것이다.

'이놈들이……'

강도는 분노가 끓어올랐다.

그러나 샤하쿠카이를 상대하는 것보다는 송자현을 찾아내는 것이 급선무다.

그런데 지금으로선 라이니카를 앞세워서 송자현이 있는 곳으로 가는 방법밖에 없다.

"와노……"

라이니카는 쓰러진 상태에서 안타깝게 강도에게 팔을 뻗으며 애절한 표정을 지었다.

강도는 미간을 잔뜩 좁히고 그녀를 굽어보기만 했다.

"오빠."

그때 음브웨가 입을 열었다.

"저대로 놔두면 죽고 말아요."

"그래서 어쩌란 말이냐?"

"뭄바께서 어디에 계신지 찾아야지 않겠어요?"

음브웨는 친구인 라이니카를 살리고 싶다는 마음을 굳이 감추지 않았다.

"오빠께서 와노로 변신하지 않았더라면 이런 일은 일어나지 않았을 거예요. 죄송해요. 제 잘못이에요."

음브웨가 강도에게 친오빠 와노로 변신하라고 말했었다.

하지만 강도로선 와노 말고는 달리 변신할 바우만이 없었기 때문에 음브웨의 잘못이라고 탓할 수는 없다.

라이니카는 몸을 부들부들 떨고 있는데 얼굴이 붉게 변하기 시작했다.

음브웨의 목소리가 애원조로 변했다.

"오빠, 그냥 아무런 의미 없이 라이니카와 톰바만 한 번 해주면 돼요."

"시끄럽다."

요족 여자하고 섹스를 한다는 것은 말도 안 된다. 그건 말그대로 교미다.

"오빠, 제발… 뭄바를 생각하세요."

강도는 뭄바의 행방을 찾아내야 하고, 음브웨는 라이니카의 목숨을 구해야 한다.

"우라질!"

강도의 얼굴이 찌푸려지고 욕이 튀어나왔다.


강도는 그냥 의자에 앉은 자세로 라이니카와 결합했다.

라이니카는 그와 마주 보는 자세로 그의 하체에 걸터앉아서 숨넘어가는 단말마를 터뜨렸다.

"하악!"

그리고 그가 라이니카의 태내에서 폭발을 일으킨 직후 그는 한 가지 중대한 사실, 아니, 실수를 깨달았다.

발정 난 라이니카를 현 세계의 인간으로 만들어주면 간단하게 해결될 일이었다.

그러면 라이니카의 발정이 씻은 듯이 사라졌을 것이다.

'우라질!'

그는 자신의 목을 꼭 끌어안은 채 바들바들 떨고 있는 라이니카의 머리에 손을 얹고 디오의 에너지를 주입하면서 머릿속으로 현 세계의 인간 여자를 떠올렸다.

얼마 전까지만 해도 그가 요족을 현 세계 인간으로 만들려면 정혈순액이 필요했었지만 지금은 그런 게 필요하지 않다. 디오의 능력만으로 충분하다.

"아아……."

라이니카는 몸을 바르르 세차게 떨었다.

그녀의 이마에 도드라진 세모꼴 붉은색이 사라졌고, 입을 벌리고 신음을 토해내면 입 밖으로 날름거리던 뱀의 혓바닥 같은 혀도 인간의 새빨간 혀로 변했고, 사타구니에 매달려 있던 정혈낭도 스러져 버렸다.

강도는 라이니카의 머리에 손을 얹은 채 그녀를 약간 멀찍이 떼어내고 쳐다보았다.

조금 전까지만 해도 요족 카펨부아였던 그녀지만 지금은 완벽한 현 세계의 여자, 그것도 대한민국 최고의 여배우 김항

아에 버금가는 아름다운 모습으로 변했다.

"와노… 사랑해요……."

그녀가 할딱거리면서 말을 하는데 한국어가 튀어나왔다.

그녀는 생전 들어본 적이 없는 언어로 말하고는 화들짝 놀란 표정을 지었다.

강도는 쓴웃음을 지었다.

순서가 바뀌었다.

톰바를 하기 전에 라이니카를 현 세계 인간으로 만들었어야 하는데 톰바를 해서 그녀의 목숨을 건진 후에 인간으로 만들어 버렸다.

또한 현 세계 인간 여자의 모습을 하고서는 라이니카는 외방계를 돌아다니지 못한다.

"너도 들어가라."

강도는 라이니카를 자신의 몸속에 욱여넣었다.

음브웨는 강도가 라이니카를 자신의 몸속에 넣을 줄은 예상하지 못했었다.

두 여자는 서로 마주 보는 자세에서 너무 놀라서 잠시 경직되었다가 비명을 질렀다.

"아악!"

"꺄악!"

물론 라이니카의 놀라움이 훨씬 더 컸다.

음브웨는 라이니카의 존재를 알고 있었지만 라이니카는 자신이 강도의 몸속으로 들어간 것이나 그 속에 웬 여자가 먼저 들어 있다는 사실을 전혀 몰랐었다.

강도는 여자들이 놀라거나 말거나 선상 가옥에서 밖의 갑판으로 나왔다.

큰오빠 공고 등은 조금 전까지 라이니카의 신음 소리를 들었으므로 그녀가 강도, 아니, 와노와 톰바를 했을 것이라고 짐작하고 있다.

또한 라이니카가 보이지 않는 것은 그녀가 와노와 합체했기 때문이라고 생각했다.

"라이니카는 내가 데리고 가겠다."

"잘 부탁드립니다."

강도의 말에 큰오빠 공고를 비롯한 4명은 다시 절을 했다.

한편 음브웨는 급히 라이니카를 달랬다.

"라이, 놀라지 마. 나야 음브."

"……."

기겁했던 라이니카는 귀에 익은 절친한 친구의 목소리에 어리둥절해졌다.

두 여자는 어릴 때부터 같이 자랐으며 서로의 이름을 '라이'와 '음브'라고 줄여서 부르며 부모 형제보다 더 친했었다.

"음브?"

"그래, 라이. 잘 있었어?"

"아아… 정말 음브구나."

라이니카는 서로 마주 보며 끌어안은 것처럼 맞닿은 음브웨의 얼굴을 어루만지면서 크게 기뻐하고 감격했다.

"음브야, 음브… 내 친구… 너무 그리웠어…….."

라이니카는 음브웨를 꼭 안고 기뻐서 어쩔 줄 몰랐다.

"어떻게 된 일이니? 페르다우에 돌아온 거야?"

라이니카는 너무 놀라고 반가운 나머지 여기가 와노의 몸속이고 또 여자가 와노하고 톰바를 해야지만 합체가 된다는 사실을 잠시 망각했다.

망각하기는 음브웨도 마찬가지다.

"그래. 돌아왔어. 우리에게 무슨 일이 있었는지 네가 알면 정말 놀랄 거야."

"음브야, 반가워… 정말 기뻐."

그러다가 라이니카는 자신이 여전히 와노와 결합하고 있는 상태라는 사실을 깨달았다.

"그런데……."

그녀는 그제야 지금 상황이 이상하다는 것을 느꼈다.

"라이, 사실을 말해줄 테니까 놀라지 마."

음브웨가 말하는 동안 라이니카는 음브웨도 와노하고 결합하고 있다는 사실을 깨달았다.

"음브, 이게 도대체 어떻게 된 일이지? 네가 어째서 와노하고 톰바를……."

요족 남자는 마음만 먹으면 한꺼번에 여러 여자하고도 톰바를 할 수가 있다.

"라이, 내 말 들어봐."

"음브, 너는 어떻게 이런 짓을……."

라이니카는 음브웨가 친오빠하고 톰바를 했다는, 아니, 하고 있다는 사실에 기절할 정도로 충격을 받았다.

사실 음브웨는 아까 강도에 의해서 우격다짐으로 그의 몸속에 욱여넣어지는 순간부터 본의 아니게 그와 톰바를 하게 되었다.

강도는 단지 아랫도리가 뻐근하고 묵직하다는 느낌만 받았을 뿐이지만 사실 벌거벗은 몸으로 합체한 음브웨와 결합을 했던 것이다.

여자가 남자의 몸속에 들어가면 무조건 톰바를 해야 하는 것이 요족의 생체 시스템이다.

음브웨는 강도와 같은 방향을 보고 있기 때문에 뒤로, 그리고 라이니카는 마주 보는 자세라서 앞으로 결합이 되어 있는 자세다.

"미쳤어, 음브. 어쩌면 이런 짓을 할 수가 있는 거지?"

라이니카는 자지러지게 비명을 질렀다.

음브웨는 라이니카를 다독였다.

"라이, 내가 다 설명할 수 있어. 들어봐."

라이니카는 음브웨가 무슨 말을 해도 지금 상황을 이해할 수 없을 거라고 생각했다.

페르다우에서 가장 절친한 친구가 자기 친오빠하고 톰바를 하고 있으며, 더구나 친오빠의 몸속에서 그의 연인과 여동생이 마주 보는 자세로 결합되어 있으므로 이 상황을 어떻게 설명하고 또 이해한다는 말인가.

강도는 라이니카에게 뭄바가 있는 장소에 대해서 물으려다가 그만두었다.

그녀와 결합, 합체를 하고 나니까 그녀의 머릿속을 훤히 꿰뚫게 되었다.

아까는 객관적으로 그녀의 생각을 읽었지만 지금은 그녀 자신이 되어 주관적이 된 것이다.

그래서 그는 라이니카에게 묻지 않고서도 뭄바가 있는 곳을 향해 초원 같은 호수 위를 달려 나갔다.

사아아—

강도는 시속 300㎞의 속도로 외방계 하늘을 날아가고 있는 중이다.

수면에서 100m 높이에서 날아가는 데다 워낙 빠른 속도이기 때문에 요족들의 눈에는 띄지 않았다.

뭄바에게 일 초라도 빨리 가려고 3번이나 공간 이동을 시도해 봤는데 되지 않았다.

이유는 알 수가 없는데 아마 외방계라는 특수 공간이기 때문인 것 같았다.

어느덧 호수가 끝나 있으며 그 호수에서 흘러나가는 강이 시작되었다.

호숫가와 강가에 드문드문 마을들과 점점이 떠 있는 수많은 배들이 내려다보였다.

마을에 있는 집들은 특이했다.

아까 강도가 처음 외방계에 도착해서 30㎞ 전방에 보았던 바위군이 마을이었다.

바위 높이는 낮은 것이 10m에서 높은 것은 20m 정도다.

바위는 천연적인 것 같은데 거기에 요족들이 살고 있었다.

위에서 내려다보면 바위의 복판이 도넛처럼 동그랗게 파여져 있다.

그러고는 일정한 간격으로 여러 개의 층을 만들어서 각 층마다 요족들이 살고 있다.

빙 둘러서 한 층에 십여 가구가 살고 전체로는 수십 가구가 살고 있으니까 영락없이 도넛 형태의 아파트다.

자연적으로 생긴 거대한 바위의 속을 파내서 집을 지은 아이디어와 노력이 대단했다.

슈우우—

공간 이동이 되지 않지만 강도는 조바심을 내지 않았다.

그보다는 송자현이 얼마나 다쳤는지 걱정됐다.

이제 보니까 송자현이 이런 상황에 처했기 때문에 한 달 후에 요계가 마계와 연합해서 서해 바다에 해일을 일으킬 수 있었던 것이다.


"아아……."

음브웨에게 모든 설명을 다 듣고 난 라이니카는 큰 충격을 받고 망연자실했다.

자신이 그토록 사랑하는 와노가 아니라 현 세계의 신 디오와 톰바를 했다는 사실이 무엇보다 그녀를 충격 속으로 몰아넣었다.

"내가 신하고 톰바를……."

라이니카는 와노하고 결혼을 하면 순결을 바치겠다고 고이고이 간직했다가 말도 안 되게 디오에게 바치고 말았다.

"와노는……."

라이니카의 넋 나간 중얼거림에 음브웨가 꾸짖었다.

"와노는 잊어. 그는 부인이 있고 자식까지 낳았어. 라이 네가 비집고 들어갈 틈 같은 건 없어. 게다가 와노는 지금의 부인을 사랑하고 있어. 그는 너를 깨끗이 잊었어. 그런데도 너는 와노를 잊지 못하는 거니?"

라이니카는 붉고 조그만 입술을 잘근잘근 깨물었다.

"그리고 날 자세히 봐. 변하지 않았니?"

라이니카는 음브웨를 살피다가 깜짝 놀랐다.

"아! 네 모습이 변했어……!"

그녀는 얼마나 놀랐는지 반사적으로 음브웨에게서 멀어지려고 했다.

"아… 목소리는 음브인데 모습은 아냐……."

음브웨는 차분하게 설명했다.

"이게 현 세계의 인간 여자 모습이야."

"인간 여자……."

라이니카는 놀랍고도 신기한 표정으로 음브웨 얼굴을 자세히 살피면서 만져보았다.

"예쁘다……."

"디오께서 나하고 우리 부족 겡게우찌와 사람들 모두를 현 세계 인간으로 변환시켜 주셨어."

라이니카는 눈을 동그랗게 떴다.

"정말?"

라이니카는 현 세계 인간 세상에 대하여 알고 있는 것이 전무하다.

다만 그곳은 외방계하고는 비교도 할 수 없을 만큼 살기 좋은 곳이라고만 막연하게 알고 있을 뿐이다.

"그리고 우리가 살 곳과 앞으로 어떻게 살아가야 할지 모든 것을 다 마련해 주셨어."

"아……."

라이니카는 두 손을 모으고 꿈을 꾸는 듯한 표정을 지었다.

"와다무들은 평균 수명이 30년이잖아?"

"그렇지."

"그렇지만 나는 100살 이상까지 살 거야. 디오께서 그러셨어. 병 안 걸리고 건강관리 잘하면 150살까지도 문제없이 살 거랬어."

라이니카는 음브웨가 하는 말이 도통 믿어지지 않았다.

그러나 음브웨가 거짓말을 할 리 없다. 또한 그녀가 현 세계 인간으로 변한 모습을 보고 있으면 거짓말이 아니라는 걸 알 수 있다.

"더 놀라운 사실을 말해줄까?"

"또 있어?"

라이니카는 지금까지 들은 얘기만으로도 기절할 지경인데 놀라운 일이 더 있다니까 심장이 마구 뛰었다.

"디오께서 라이, 널 현 세계 인간으로 만들어주셨어."

"……."

라이니카는 음브웨의 말이 무슨 뜻인지 이해하지 못하고 눈을 깜빡거렸다.

"디오께서 널 현 세계 인간으로 변환시키셨다니까?"

"디오께서 나를……."

"그래."

라이니카는 숨이 콱 막혔다.

"대체 언제……."

"아까 네가 톰바할 때 디오께서 네 머리에 손을 얹으셨잖아. 그때 널 변환시키신 거야."

"아……."

라이니카는 두 손으로 자신의 얼굴을 감쌌다.

"디오께선 널 현 세계로 데려가려는 것 같아."

"아아……."

그때 라이니카는 자신의 두 눈이 뜨거워지는 것을 느끼고 손으로 만져보았다.

그랬더니 두 눈이 촉촉하게 젖었고 눈에서 나온 물이 얼굴을 타고 흘러내렸다.

그것은 와다무로 살면서 한 번도 느껴보지 못했던 경험이다.

"이… 게 뭐야?"

"눈물이야."

"눈물?"

음브웨는 미소를 지었다.

"현 세계 인간들은 슬플 때나 기쁠 때 눈에서 눈물을 흘리는데 한 번 흘리고 나면 속이 시원해져."

음브웨는 라이니카의 눈물을 보며 미소 지었다.

"지금 너는 슬프니? 아니면 기쁘니?"

"기뻐."

"그럼 기뻐서 흘리는 눈물이야."

라이니카가 눈물을 그치지 못하는 걸 보고 음브웨가 물었다.

"라이, 아직도 와노를 사랑하니?"

"아니."

"그럼 누굴 사랑하지?"

라이니카는 얼굴을 붉히고 조그맣게 대답했다.

"디오 님."

음브웨는 라이니카의 뺨을 쓰다듬었다.

"내가 디오게 너와 톰바하라고 부추겼다는 사실을 알고 있어야 해."

라이니카와 음브웨는 자신들의 그곳에 디오가 깊이 들어와 있는 것을 생생하게 느끼면서 둘이 똑같이 얼굴을 붉혔다.

두 여자는 서로를 꼭 끌어안았다.

어제 라이니카는 믿어지지 않을 만큼 굉장한 일을 겪었다.

그녀는 평소처럼 혼자서 호수 깊은 곳으로 잠수하여 조개를 캐고 있었다.

그녀는 자신이 속해 있는 춤비족에서 신분이 두 번째로 높다. 그리고 그녀의 모친이 4위 말라칼이면서 족장이다.

라이니카는 호수의 수심 30m까지 잠수하여 가장 맛있고 큰 대왕 조개를 캐고 있었는데 그때 멀리에서 하나의 은빛 물체가 몹시 빠른 속도로 쏘아오고 있었다.

그녀가 쳐다보고 있는 사이에 은빛 물체는 그녀의 머리 위 15m쯤에 이르렀다.

그때 은빛 물체를 추격해 온 다른 붉은색의 물체 5개가 은빛 물체를 집중 공격했다.

라이니카는 호수 바닥 무성한 수초 속에 숨어서 그 광경을 올려다보았다.

그녀가 본 것은 치열한 싸움이었다.

그런데 놀랍게도 5개의 붉은 물체는 바우만과 드빌이었다.

1위 드빌 한 명과 4명의 바우만이 집중적으로 공격하고 있는데도 은빛 물체는 당하기는커녕 오히려 바우만들을 차례로 모두 죽여 버렸다.

마지막으로 몸이 찢어져서 죽은 드빌의 머리가 수초 속에 숨어 있는 라이니카 옆으로 떨어지는 바람에 그녀는 소스라치게 놀라 수초 속에서 튀어 나가고 말았다.

그 바람에 은빛 물체에게 발각되고 말았으며, 은빛 물체는 그녀를 공격하려다가 멈추더니 손을 뻗어 그녀의 팔을 움켜잡았다.

"너는 누구냐?"

그렇게 묻는 은빛 물체를 쳐다보다가 라이니카는 기절할 정도로 놀라고 말았다.

온몸에서 뿜어지는 은은한 은빛 광채.

검고 긴 머리카락이 물결에 흔들렸다.

그리고 감히 똑바로 바라보지 못할 존엄 때문에 라이니카는 눈을 제대로 뜨지도 못했다.

라이니카는 뭄바를 한 번도 본 적이 없지만 눈앞의 은빛 물체가 페르다우의 신, 뭄바라는 사실을 깨달았다.

"소인은 춤비족 족장의 딸 라이니카입니다."

뭄바는 주위를 두리번거리면서 물었다.

"내가 너를 믿어도 되겠느냐?"

라이니카는 고개를 숙였다.

"부디 믿어주십시오. 소인과 춤비족은 뭄바 님의 충실한 종입니다."

송자현의 모습을 하고 있는 뭄바는 친절하게 말했다.

"나를 봐라."

"……."

라이니카는 경외의 표정으로 조심스럽게 뭄바를 보았다.

"잘 봐라."

라이니카는 용기를 내서 뭄바를 살피다가 그녀가 심하게 다쳤다는 사실을 알게 되었다.

얼굴의 뺨이 찢어졌으며 한쪽 어깨는 너덜거렸고 옆구리가 뜯어져 나간 참혹한 모습이다.

"뭄바 님… 어쩌다가……."

라이니카는 까무러칠 만큼 놀랐다.

뭄바는 쓸쓸한 얼굴로 말했다.

"샤하쿠카이의 짓이다."

"샤하쿠카이가……."

라이니카는 불신의 표정을 지었다.

그때 그녀는 숨이 차올랐다. 물속에서 30분 정도 견딜 수 있는데 지금 30분이 지나고 있었다.

그러나 뭄바가 라이니카의 머리를 가볍게 쓰다듬으니까 숨을 쉬고 싶다는 생각이 깨끗이 사라지고 마치 물고기인 것처럼 편안해졌다.

뭄바는 긴 속눈썹을 깜빡이면서 말했다.

"나는 샤하쿠카이로부터 도망치고 있단다. 그자가 찾지 못할 은밀한 장소에 숨어야 할 텐데 혹시 너는 그런 장소를 알고 있느냐?"

"뭄바시여. 소인은 다행히 그런 곳을 알고 있습니다."

"그곳이 어디냐?"

"이 년 전에 오빠들과 함께 멀리 고기잡이를 갔다가 우연히 발견하게 된 곳입니다. 뭄바 님께서 그곳에 숨으시면 아무도 찾지 못할 겁니다."

"네가 발설하지 않는다면 말이지?"

"소인은 죽는 한이 있어도 발설하지 않겠습니다."

"거기가 어디냐?"

"하우리푸(Haulifu:망각의 땅)입니다. 소인의 큰오빠가 그렇게 이름을 붙였습니다."

"거기가 어딘지 가르쳐다오."

"소인이 안내하겠습니다."

"아니다. 나는 많이 다쳐서 너를 데려가기 힘들다. 나 혼자 갈 테니까 너는 단지 그곳을 어떻게 찾아가는지 머릿속에 떠올려라."

라이니카는 하우리푸를 어떻게 찾아갔었는지 돌이켜 생각했으며, 뭄바는 그것을 정확하게 읽어냈다.

뭄바는 떠나기 전에 라이니카의 손을 잡고 온화하게 말해주었다.

"내가 무사히 이 난관을 벗어난다면 장차 너와 너의 부족을 현 세계 풍요의 땅으로 데려가겠다."

"아……"

그 말을 남기고 뭄바는 라이니카가 처음 봤을 때처럼 은빛 물체가 되어 아스라이 멀어져 갔다.


강도는 어느 봉우리 꼭대기에 내려섰다.

그곳은 지상에서 300m쯤 높이며 전체가 새카만 흑암으로 이루어진 바위였다.

강도는 송자현이 은둔해 있는 하우리푸의 위치를 정확하게 정리하려고 잠시 멈춘 것이다.

우뚝 서서 사방을 둘러보니 이곳 흑암 봉우리가 솟아 있는 곳은 하나의 섬처럼 호수에 떠 있었다.

희한한 일이지만 이런 섬이나 육상에는 요족이 살지 않았다.

요족은 반드시 호수나 늪에 솟은 바위 속에서만 거주지를 형성하고 살았다.

강도가 여기까지 오는 동안 외방계의 60% 정도가 호수와 강으로 이루어진 물이었다.

문득 그는 자신의 남성이 아까부터 줄곧 단단해져 있는 것을 느꼈다.

젊고 혈기왕성한 탓에 평소에도 자주 남성이 단단해지기는 하지만 지금처럼 오랫동안 강직을 유지하고 있는 것은 드문 일이다.

지금까지는 부지런히 움직이고 또 하늘을 날아서 오느라 신경을 쓸 겨를이 없었지만 지금 보니까 뭔가 좀 이상한 생각이 들었다.

그러다가 그는 이상한 생각이 들어서 자신의 몸속에 있는 음브웨와 라이니카의 생각을 읽고 일이 어떻게 된 것인지 알아차렸다.

두 여자는 앙큼하게도 서로 마주 보는 자세로 꼭 안고서 강도와 톰바를 하고 있는 것이다.

요족의 톰바는 현 세계 인간의 섹스하고는 조금 성격이 다르다.

인간의 섹스는 불길처럼 뜨겁게 달아올랐다가 정점에 도달하면 빠르게 식지만, 요족의 톰바는 술을 마셨거나 마약을 한 것 같은 몽롱한 기분을 오래 유지하고 있다.

또한 현 세계의 인간들 섹스처럼 은밀하고 부끄러운 짓이 아니라 무척이나 자연스럽게 결합하는 것이 톰바다.

강도는 여태껏 묘한 기분을 느꼈지만 강하지 않았기에 그러려니 하고 넘어갔었다.

그는 자신의 몸속에서 두 여자가 톰바를 하고 있다는 익숙하지 않은 사실에 어이없는 웃음이 날 지경이다.

"너희들 그만해라."

강도가 꾸짖듯이 말하자 음브웨와 라이니카는 숨을 죽이고 가만히 있을 뿐 톰바를 그만두지 않았다.

"너희를 꺼내야겠다."

"안 돼요!"

음브웨와 라이니카가 동시에 외쳤다.

"저희를 밖으로 꺼내면 여기에 두고 가실 건가요?"

"두고 가는 것이 겁이 난다면 그런 짓을 하지 않으면 되잖느냐?"

"저희가 오빠 몸속에 들어오면 톰바를 할 수밖에 없어요."

"무슨 말도 안 되는……."

그렇지만 강도는 그 말이 사실이라는 것을 그녀들의 생각을 읽고 알게 되었다.

"오빠."

음브웨가 두려운 듯 조용히 말했다.

"저희는 오빠를 사랑하지만 오빠는 조금도 부담을 갖지 마세요. 저희는 그저 오빠와 톰바를 했다는 것만으로도 죽을 때까지 영광으로 생각할 거예요."

강도로선 어이없는 일이지만 이제 와서는 어쩔 수 없다고 생각했다.

그렇다고 음브웨와 라이니카를 여기에 버리고 갈 수는 없다.

이런 사실을 진작 알았더라면 절대로 이런 상황이 되지 않게 했겠지만 그가 아무리 디오라고 해도 그런 것까지 미리 알 수는 없는 노릇이다.

"휴우… 라이니카."

강도는 한숨을 내쉬었다.

여자 둘을 자신의 몸속에 넣은 것도 말도 안 되는 일이지만, 몸속에 들어간 여자들이 동시에 자신과 섹스를 하고 있다는 사실이 기가 막혔다.

"네, 디오 님."

"여기가 하우리푸 가는 길이 맞느냐?"

그런데 라이니카는 아무 말도 하지 않았다.

강도가 생각을 읽어보니까 그녀는 강도가 뭄바를 해칠까 봐 걱정을 하고 있었다.

"라이니카."

"네."

"나는 뭄바를 해치지 않을 것이다."

라이니카는 조심스럽게 물었다.

"그 말씀을 어떻게 믿나요?"

음브웨가 라이니카를 꾸짖었다.

"라이, 너는 신의 말씀을 믿지 못하는 거니?"

"그렇지만 뭄바 님께 아무에게도 말하지 않겠다고 약속했었는데……."

강도는 라이니카의 마음이 가상했다.

"라이니카, 뭄바는 내 아내다."

"……"

라이니카는 크게 놀랐다.

"정말인가요?"

음브웨가 또 꾸짖었다.

"디오 님은 거짓말하지 않아."

"아… 그렇군요."

잠시 후 라이니카는 조금 전 강도가 한 질문에 대답을 했다.

"이쪽으로 가면 하우리푸로 가는 게 맞아요."

"얼마나 더 가면 되느냐?"

"1,500키탐보(Kitamb：거리 단위)쯤 가면 될 것 같아요."

음브웨가 덧붙였다.

"현 세계로 치면 700㎞ 정도예요, 오빠."

그 정도면 강도가 최고 속도로 날아가면 한 시간 반이면 될 것이다.

"음브웨 넌……."

사실 음브웨 때문에 일이 이렇게 꼬인 것이다.

현 세계에서 이곳으로 오는 차원 통로에 음브웨가 휩쓸려서 따라오지 않았으면 이런 일은 없었을 것이다.

그렇지만 음브웨가 따라오지 않았다면 외방계에 대해서 아무것도 모르는 강도로서는 큰 곤욕을 치를 뻔했다.

그러니까 기왕지사 일이 이렇게 된 것 음브웨를 꾸짖어봐야 별 소용이 없었다.

음브웨의 애교 섞인 목소리가 들렸다.

"오빠, 사랑해요."

강도가 조금 어이없는 표정을 짓는데 이번에는 라이니카가 조그맣게 한 마디 덧붙였다.

"디오 님, 죽을 때까지 디오 님만 사랑하겠습니다."

"라이니카, 너는……."

"라이라고 부르세요."

"허어……."

음브웨가 애교를 떨었다.

"오빠, 라이는 페르다우 최고의 미녀예요. 그런 라이를 야야(Yaya : 여종, 하녀)로 거둔 것은 오빠의 복이에요."

"그만해라."

음브웨는 강도의 성격을 웬만큼 알고 있기에 그가 그만두라고 하는데도 말을 듣지 않았다.

"그리고 저도 죽을 때까지 오빠의 야야가 되어 라이와 함께 오빠를 모시기로 결심했어요."

"너……."

두 여자가 합창을 했다.

"사랑해요."

강도는 고개를 가로저었다.

"으휴… 그만두자."


슈우우―

강도는 다시 하늘로 날아올랐다.

외방계는 지구의 10분의 1 정도 크기다.

그러니까 외방계 한 바퀴의 거리는 약 4,000㎞쯤이다.

강도가 날아가고 있는 하늘에는 간간이 여기저기 큼직한 구름이 떠 있으며 새들이 날고 있다.

새들은 현 세계의 것들과는 모습이 다르다.

머리가 크고 길며 주둥이 즉, 부리가 매우 길고 날카로운 데다 펼쳐진 날개가 엄청나게 크고 넓다.

또한 새들의 종류는 다양한데 대부분 현 세계의 독수리 이상의 크기를 자랑하고 있다.

더구나 특이한 점은 새들끼리 서로 싸우고 잡아먹는다는 사실이다.

개중에 어떤 새들은 호수나 강으로 곧장 다이빙을 해서 물고기를 물고 날아올라 그걸 먹었다.

외방계의 육상은 대부분 바위나 흙으로 이루어진 언덕인

데, 특이하게 울창한 숲은 호수나 늪에 있다.

어떤 숲은 그 길이가 수백 km에 달했으며 하늘에서 내려다보니까 절반은 수중 생물이고 절반은 육상 생물인 듯한 짐승들이 보였다.


우우웅…….

강도는 묵직한 기계음을 듣고 소리가 나는 쪽을 쳐다보다가 가볍게 눈살을 찌푸렸다.

북서쪽 하늘에서 어떤 물체들이 이쪽을 향해서 날아오고 있는데 강도가 지금까지 하늘에서 봐온 새는 아니다.

날갯짓을 하지 않았고 새보다는 훨씬 컸다.

'비행기?'

강도가 잘못 본 게 아니다. 하늘 저쪽에서 묵직한 기계음을 내면서 날아오고 있는 10여 개의 회색 물체들은 비행기가 분명했다.

요계에 비행기가 있을 것이라고는 생각한 적이 없었다.

요계의 문명이라고 해봤자 원시 상태를 겨우 벗어난 정도일 것이라고 짐작했었고 실제 그랬었다.

그런데 동력을 사용하는 것은 물론이고 무려 하늘을 나는 비행기를 만들어 사용하다니 이건 전혀 뜻밖이다.

5m 길이의 몸체에 4m의 짧은 날개, 그리고 앞머리에서 맹

렬히 돌고 있는 프로펠러 하나로 비행기가 날고 있는 게 신기할 정도다.

강도는 북쪽을 향해서 날아가고 10여 대의 비행기는 북서쪽에서 그의 전방을 향해서 날아오고 있기 때문에 이대로 가다가는 그의 앞길을 차단하게 될 것이다.

비행기의 속도는 강도보다 훨씬 느려서 시속 100㎞ 정도에 불과했다.

비행기가 시속 100㎞라니, 잘 달리는 자동차보다도 느리다.

강도는 비행기들이 자신을 목표로 날아오고 있기 때문에 지금 피하거나 숨는 것은 소용없다고 판단했다.

피하려고 하면 피할 수 있지만 그러고 싶지 않았다.

외려 송자현에게 중상을 입힌 샤하쿠카이에 대한 분노를 저놈들에게 분풀이하고 싶어졌다.

그런데 비행기가 강도에게 가까이 접근하기도 전에 갑자기 벼락이 치는 듯한 굉음이 터졌다.

꽈드등!

그와 함께 호두알 크기의 새카맣고 둥근 물체 수백 개가 강도를 향해 쏟아졌다.

자세히 보니까 비행기 한 대에는 5명의 요족이 타고 있으며, 비행기를 모는 한 명을 제외한 4명이 창을 통해서 강도에게 총을 발사하고 있었다.

비행기의 속도는 시속 100㎞인데 총알의 속도는 두 배 이상 빨라서 눈 깜짝할 새에 강도에게 쇄도했다.

그는 무형막을 펼치면서 비행기들을 향해 돌진하며 오른손을 휘둘렀다.

휘이잉!

금색 빛줄기가 번쩍이면서 선두의 비행기를 향해 쏘아갔다.

쾅!

빛줄기는 비행기 앞머리 프로펠러에 정통으로 적중했다.

비행기는 수수깡처럼 산산조각 부서져서 흩어지고 거기에 타고 있던 5명의 요족은 비명을 지르면서 까마득한 아래로 추락했다.

제37장
요계 전쟁

늪에는 박살 난 비행기 잔해들이 어지럽게 흩어져 있다.

어이없게도 비행기는 나무로 만든 것이었다.

비행기에 타고 있는 5명이 자전거처럼 페달을 밟아서 앞머리의 프로펠러를 돌려 동력을 얻는 원리인데 비행기의 모든 장치들이 나무 아니면 천, 그리고 굵고 질긴 실로 이루어져 있었다.

정확히 11대의 비행기가 모두 산산조각 나서 추락했으며 거기에 타고 있던 요족은 절반 이상이 죽었다.

나머지 요족들은 호수에 빠져서 이리저리 흩어지며 헤엄을

치고 있다.

비행기들을 추락시킨 강도는 이미 사라진 후였다.


강도는 하우리푸를 10㎞ 정도 남겨둔 허공에서 두 번째 공격을 받았다.

강도를 공격한 것은 비행기인데 놀랍게도 마치 현 세계의 2차대전 때의 전함(戰艦) 같았다.

길이가 무려 100여 m, 폭이 20m에 달하는 거대한 괴물 같은 비행체가 날아가고 있는 강도의 머리 위 구름 속에서 불쑥 나타난 것이다.

쿠쿠우우우—

귀를 먹먹하게 만드는 굉음을 내면서 떠 있는 비행체에서 수백 대의 소형 비행기들이 벌 떼처럼 쏟아져 나와 강도에게 파도처럼 내리꽂혔다.

바바아아아—

소형 비행기들은 1인승이며, 크기는 2인승 봅슬레이 정도에 모터사이클 음향을 내면서 소나기처럼 쏟아져 내리며 앞머리에 불쑥 튀어난 파이프 같은 곳으로 새카만 콩알 같은 총탄을 퍼부었다.

타타타타타타—

강도는 어이없는 표정을 지었다.

요계에 저런 거대한 비행체가 존재한다는 사실도 그렇지만 그런 게 하늘에 떠서 빠른 속도로 비행한다는 자체가 믿어지지 않았다.

전함 같은 비행체에는 10개의 거대한 헬리콥터 같은 프로펠러가 위를 향한 채 맹렬하게 회전하고 있었다.

그리고 비행체에서는 1인승 소형 비행기들이 끝없이 쏟아져 나와 강도를 향해 곤두박질치며 총탄을 발사했다.

파파파파파팡!

수백 수천 발의 총탄은 강도가 펼친 무형막을 미친 듯이 두드려 댔다.

지나치게 많은 총탄이 두들겨 대니까 무형막이 심하게 흔들렸으며 그 안에 있는 강도의 몸도 출렁거렸다.

그럴 리는 없다고 생각하면서도 강도는 어쩌면 이대로 가다가는 무형막이 터질지도 모르겠다고 염려가 됐다.

바로 그때 비행체 모선(母船)의 아래쪽에서 눈부신 섬광이 번뜩였다.

쿠아앗!

그러고는 모선 아래쪽 밖으로 길쭉하게 돌출된 대포 같은 것에서 초록과 금빛이 섞인 굵은 빛줄기가 폭발하는 것처럼 뿜어져 나왔다.

쩌껑—!

"우웃!"

수백 발 총탄이 무형막에 콩 볶듯이 부딪치는 바람에 정신이 없는 상황에 모선에서 발사한 빛줄기가 여지없이 무형막에 작열했다.

무형막이 깨지진 않았지만 굉장한 충격에 강도는 무형막과 함께 쏜살같이 퉁겨 날아갔다.

무형막이 빠른 속도로 회전하고 있어서 강도도 중심을 잡지 못하고 비틀거렸다.

천 톤의 충격을 견디는 무형막에 이 정도의 충격을 가하다니 모선에서 발사한 빛줄기의 위력은 굉장했다.

바바아아—

투타타타타탓—

소형 비행기들이 집요하게 추격하면서 총탄을 퍼부었다.

파파파파팍!

총탄 수천 발이 퍼붓자 무형막은 너덜너덜해지기 시작했다.

쿠카아아—

모선에서 초록과 금색이 섞인 두 번째 빛줄기 즉, 에테르를 발사했다.

그것은 원래 요족 바우만 이상의 신분이 뿜어내는 레오누루(Leonuru:공포의 빛)라는 것인데 현 세계에서는 에테르라고 부른다.

그런데 이것은 바우만이 뿜어내던 것보다 굵기와 위력이 수십 배에 달했다.

강도가 정신을 미처 차리지 못한 상태에서 무형막이 레오누루파(波)에 고스란히 적중되고 말았다.

꽈드등!

무형막이 찢어지면서 강도의 몸이 팽그르르 회전하며 빠르게 아래로 추락했다.

"아앗!"

"디오 님!"

음브웨와 라이니카는 거센 충격에 비명을 질렀다.

푸왁!

강도는 빨랫줄처럼 일직선으로 날아가 호수에 내리꽂혔다.

물속으로 가라앉던 그는 불끈 힘을 내고 다시 수면 위로 솟구쳐 올랐다.

파아아—

속이 좀 울렁거릴 뿐이지 어디 다친 데는 없다. 다쳤다면 자존심에 상처를 입었다.

구오오—

그는 시속 400㎞의 속도로 모선을 향해 쏘아갔다.

소형 비행기 100여 대가 새카맣게 뒤따랐지만 그의 속도를 따라잡지 못했다.

'이놈 자식! 날 건드려?'

강도는 모선 밑창을 그대로 쑤시고 들어갔다가 위로 뚫고 나왔다.

콰자작!

기우우―

모선의 수십 개의 대포들이 허공으로 솟구치는 강도를 조준하기 위해서 분주하게 움직였다.

대포들이 발사하기 전에 강도가 뚝 멈추더니 모선을 향해 오른팔을 크게 휘둘렀다.

모선 20m 상공에서 휘두른 그의 오른팔에서 초절신강이 길게 쭉 뿜어 나와 눈부신 무형의 강기가 되어 그대로 모선을 그어버렸다.

콰드득!

모선의 한가운데가 뚝 잘라지면서 기우뚱 기울어졌다.

그때 모선의 대포들이 일제히 포문을 열었다.

쿠카아앗!

하지만 모선이 두 동강 나면서 선체가 크게 흔들린 탓에 대포에서 발사된 수십 발의 레오누루파들은 제멋대로 이리저리 발사되었다.

강도는 오른팔에서 수십 m나 길게 뻗은 초절신강으로 모선에 마구 칼질을 해댔다.

콰드드드득!

초절신강이 모선을 회 썰 듯이 썩둑썩둑 여러 도막으로 잘라 버렸다.

쿠쿠구구우우…….

모선이 정확하게 12도막으로 잘라져서 우르르 추락하기 시작했다.

모선의 잘라진 각 부위에 있던 대포들이 어떻게 된 상황인지도 모르고 마구 레오누루파를 발사하여 자신들끼리 서로 부수고 난리가 났다.

쿠콰콰쾅!

쿠쿠쿠쿵!

잘라진 모선의 각 부위들은 시커먼 연기를 뿜거나 아니면 화염에 휩싸여서 추락했다.

호수에 떨어진 모선에서는 거대한 불길과 시커먼 연기가 솟구쳤다.

이제 남은 것은 100여 대의 소형 비행기다.

그것들은 모선이 추락했는데도 동요하지 않고 여전히 강도에게 앵앵거리면서 덤벼들며 총을 쏴댔다.

부바아아―

투타타타탓!

강도는 오른손을 뻗어 파멸도를 불렀으나 전송되지 않았다.

이로써 현 세계와 외방계는 전송 체계가 통하지 않는 것이 분명해졌다.

파곽!

그때 그는 왼쪽 어깨가 따끔한 것을 느꼈다.

급히 쳐다보니까 뾰족한 세모꼴로 생긴 총탄 2발이 퉁겨지고 있었다.

15㎝ 두께의 나무를 뚫는 총탄이지만 강도의 악어 가죽보다 두꺼운 살가죽을 뚫지 못했다.

그렇지만 어렸을 때 고무총에 맞은 것처럼 따가웠다.

파파파팟!

아차, 하는 순간 강도는 뺨과 등짝에 총탄 대여섯 발을 더 맞았다.

따가움과 분노가 치솟았다.

소형 비행기들은 정말이지 모기 새끼들 같았다. 총탄에 맞아서 죽는 것은 아닌데도 성가시기 짝이 없었다.

"아, 정말……."

강도는 두 손을 마구 휘둘러서 어지럽게 강기를 뿜어냈다.

퍼퍼퍼퍼어억!

강기에 적중된 소형 비행기들은 먼지처럼 바스라지면서 날아갔다.

소형 비행기들이 제아무리 곡예비행을 해도 강도의 빠른

눈과 손을 벗어날 수는 없다.

한 대씩 일일이 맞춰야 하는 것이 귀찮아서 그렇지 강기가 발출되는 족족 소형 비행기들은 형체를 알아볼 수 없을 정도로 부서져서 추락했다.

강도는 한창 소형 비행기들을 때려잡다가 갑자기 주위가 어두컴컴해지는 것을 느꼈다.

뭔가 이상함을 감지하고 급히 위를 쳐다보다가 얼굴이 잔뜩 찌푸려졌다.

그오오옴—

언제 나타났는지 조금 전에 추락한 모선 같은 거대한 비행체 5대가 여러 방향에서 하늘을 시커멓게 뒤덮고 있다.

그리고 강도가 그것들을 발견했을 때에는 이미 5대의 비행체에서 소형 비행기들을 꾸역꾸역 토해내고 있었다.

콰콰콰콰콰—

그것들은 더 이상 모기처럼 앵앵거리지 않고 마치 태풍이 몰려오듯이 하늘이 보이지 않을 정도로 새카맣게 뒤덮은 채 급강하하면서 장대비 같은 총탄을 퍼붓고 있다.

콰투투투투—

"이거야……."

강심장인 강도지만 이런 상황에서는 한 대 얻어맞은 기분이 들고 또 다급해질 수밖에 없다.

쿠와아앗!

그가 어이없는 표정을 짓고 있을 때 5대의 비행체 즉, 전함에서 일제히 대포를 발사했다.

전함 한 척에 20문의 대포가 있으며 5척에서 100문의 대포가 초록과 금색의 레오누루파를 뿜어내고 있으니 얼마나 엄청날지는 상상이 갈 것이다.

더구나 강도 한 사람을 향해서 집중 포화가 쏟아지고 있다.

그때 강도는 두 가지 사실을 깨달았다.

요계를 과소평가했다는 것과 지금 당장 여기를 빠져나가야 한다는 사실이다.

그는 아래를 향해 급전직하 쏘아 내렸다.

슈아악!

위는 전함들과 수백 대의 소형 비행기들, 그리고 총탄과 레오누루파들이 가득 뒤덮고 있으므로 아래로 내리꽂혔다가 방향을 꺾어 도주하려는 계산이다.

"어?"

그런데 그의 입에서 어이없는 듯한 소리가 튀어나왔다.

아래 그러니까 호수에서 커다란 새들이 새카맣게 몰려 올라오고 있는 걸 발견했기 때문이다.

하지만 그것들은 새가 아니다.

요족들이다.

어깨에 인조 날개를 붙이고 있었는데 그걸 퍼덕이면서 날아 오르고 있다.

그러면서도 두 손에는 총이 쥐어져 있고 허리에는 칼 따위의 무기를 차고 있다.

날개를 달아서 두 팔로 퍼덕여 비행한다고 해도 놀랄 일인데 두 팔은 사용하지도 않고 하늘을 날다니 이거야말로 뒤통수를 얻어맞은 기분이다.

더구나 날개 달린 요족의 수가 수백 명이고, 그들이 쏘아대는 총탄이 소나기 같아서 아예 총탄으로 벽을 치고 있는 것 같은 광경이었다.

부악!

강도는 수직으로 내리꽂히다가 급히 'ㄴ' 자로 방향을 꺾어 수평으로 쏘아가면서 다시 무형막을 펼쳤다.

음브웨가 소리쳤다.

"바와슈자(Bawashujaa:날개 전사)예요!"

슈우우—

강도가 쏘아가고 있는 방향의 전방 위쪽에서 소형 비행기들이 새카맣게 내리꽂히며 총탄을 퍼부었다.

쿠콰아아아!

총탄인데도 수천 발이 쏟아지니까 폭음이 터졌다.

피할 데가 없다.

막바지에 몰린 강도는 두렵기보다는 속이 확 뒤집혔다.

'이 새끼들, 죽고 싶다 이거지?'

강도는 도망치던 것을 뚝 멈추었다.

투투투타타타탕!

총탄들이 콩을 볶듯이 무형막을 두드려 댔다.

그때 그는 위에서 내리꽂히고 있는 수십 줄기의 레오누루파를 발견했다.

소형 비행기와 바와슈자를 상대하기 전에 레오누루파를 피하는 것이 우선이다.

무형막이라고 해도 레오누루파에 두어 방 적중당하면 깨지고 만다.

'빌어먹을……'

빌어먹을이고 자시고 일단 피해야 했다.

스으웃―

순간 이동을 시도했다.

이게 안 되면 수십 발의 레오누루파에 직격탄을 얻어맞을 수밖에 없다.

그리 되면 제아무리 디오라고 해도 치명적인 대미지를 입을 것이다.

스으…….

순간 이동이 된다.

강도는 원래 있던 곳에서 동쪽으로 200m, 위로 150m 위치에 나타났다.

그런데 그곳은 소형 비행기 떼거리 한복판이고 전함들의 바로 아래다.

당장 급한 불은 껐지만 더 큰 불구덩이 속으로 들어왔다.

강도는 다시 순간 이동을 하려고 재빨리 주위를 살펴보았다.

그러다가 소형 비행기들이 우글거리는 걸 보고 생각을 바꾸었다.

'이놈들 속에 섞여 있으면 함부로 대포를 쏘지 못할 거다.'

그의 예상은 적중했다.

전함들의 레오누루파는 그쳤으며 소형 비행기와 바와슈자들의 공격만 퍼부어졌다.

강도는 그때부터 백병전처럼 소형 비행기들과 바와슈자들을 하나씩 박살 내기 시작했다.


부우욱!

강도가 양팔을 휘두르면 긴 강기가 노를 젓듯이 소형 비행기들과 바와슈자들을 때려 부쉈다.

쏟아지는 총탄은 그대로 놔두었다.

일일이 다 피할 수 없고 피하다 보면 공격을 할 수가 없다.

한꺼번에 총탄을 수백 발씩 맞다 보면 무형막이 진동을 해서 머리가 얼얼하지만 견뎌야 한다.

그러나 강도는 그보다도 요족들과의 싸움에 넌더리가 나기 시작했다.

보통 인간들은 눈앞에서 동료들이 박살 나고 갈가리 찢어져서 죽으면 공포심을 느끼고 전의를 상실하게 마련인데 이놈들은 그런 게 없다.

감정 같은 게 없는 건지 두려움을 모르는 건지 죽여도 죽여도 끝없이 떼거리로 몰려들며 총을 쏴댔다.

지치지는 않았다.

강도에겐 지친다는 게 없었다.

무공으로는 입신지경에 들었으며 더구나 삼신의 디오인데 지칠 리가 있겠는가.

그렇지만 다른 복병이 있었다.

지겨운 거다.

한 번 강기를 휘둘러서 많게는 3명, 적게는 한 명밖에 박살 내지 못하면서 똑같은 동작을 한 시간 이상 지속하고 있으니 지겨움이 심장을 터뜨릴 것만 같다.

더구나 적이 줄어들지 않고 오히려 점점 더 많아지고 있으면 지겨움에 짜증이 더해졌다.

그러나 바로 그때 강도를 지겨움과 짜증에서 한꺼번에 건

져준 일이 벌어졌다.

부우웅!

어디선가 고막을 먹먹하게 만드는 크고 웅장한 나팔 소리 같은 것이 들렸다.

그 순간 소형 비행기 둔두(Dundu:딱정벌레)와 바와슈자들이 느닷없이 썰물처럼 뒤로 물러났다.

정신을 차릴 수 없게 공격을 퍼붓다가 씻은 듯이 물러나자 갑자기 적막감이 찾아들고 강도는 허공중에 혼자 덩그러니 남았다.

강도가 강기를 휘두르다가 멈칫하는데 갑자기 머리 위에서 대포 소리가 터졌다.

쿠콰콰콰아앗!

강도의 머리 위 30m 높이에 떠 있는 5대의 전함에서 100문의 대포들이 일제히 레오누루파를 뿜어냈다.

'이 새끼들이…….'

총 100발의 레오누루파를 피하려면 최소한 반경 50m 밖으로 피해야만 한다.

쿠오오옷!

초록과 금색의 거대한 빛줄기들이 강도를 향해 집중적으로 내리꽂히고 있다.

강도는 넉넉하게 60m 밖으로 순간 이동을 했다.

쿠아아앗!

몇 줄기 레오누루파가 강도가 방금 전까지 있던 곳을 스쳐 지나 아래로 쏘아갔다.

강도가 순간 이동을 하여 모습을 나타내자 포위망을 형성하고 있던 소형 비행기 둔두와 바와슈자들이 일제히 총탄을 퍼부었다.

강도는 순간 이동을 하는 바람에 그들과의 거리가 10m쯤으로 가까워져서 급히 포위망 안쪽으로 물러나며 무형막을 강화했다.

그런데 그때 괴이한 일이 일어났다.

지우웅—

괴이한 음향과 함께 강도와 포위망을 형성하고 있는 적들 사이를 차단하는 벽이 생겼다.

초록과 금색이 아롱거리는 반투명한 유리 같은 벽이다.

순간 강도는 불길한 생각이 들어 재빨리 주위를 둘러보았다.

'어……'

초록과 금색의 벽이 커다란 원을 형성하고 있으며 그는 그 속에 갇혀 버렸다.

그는 적잖이 당황했다.

무림에서도 현 세계에서도 이렇게 당황해 본 적이 없었다.

조금 전에 부우웅! 하는 나팔 소리는 둔두와 바와슈자들에게 물러나라고 신호를 보낸 것이었다.

그들이 물러나는 순간 5척의 전함에서 레오누루파를 뿜어냈고, 공격을 가장하여 그것이 벽을 만들어 버린 것이다.

아직 시도해 보지는 않았지만 강도는 초록과 금색의 벽이 쉽사리 뚫어질 것 같지 않다는 불길함이 엄습했다.

"이런 젠장……."

위를 쳐다보니까 전함들에서 레오누루파를 지속적으로 발사하면서 반경 20m 크기의 원형 구체(球體)를 만들어서 강도를 가두고 있었다.

'날 뭘로 보고 이것들이…….'

강도는 한쪽 방향으로 쏘아가면서 초절신강을 극한으로 잔뜩 끌어 올렸다.

쉬이익!

그는 마음만 먹으면 이 정도 벽은 어떻게든 뚫을 수 있을 것이라고 자신했다.

그런데 그때 벽 바깥쪽에 있는 둔두와 바와슈자들이 벽 안쪽을 향해 일제히 총을 쏴서 넣었다.

그들의 총구는 아주 쉽게 벽을 뚫었다.

그러더니 한순간 강도를 향해 집중사격을 시작했다.

콰콰콰콰콰아아!

"어……."

반경 20m 구체 안에 갇힌 상태에서 수천 발 총탄의 집중 공격을 받으면서 강도는 조금 전보다 더 당황했다.

이건 무형막으로 해결될 문제가 아니다.

무형막이고 나발이고 총탄 수천 발을 한꺼번에 맞으면 강도 까지 흔적도 없이 공중 분해되고 말 것이다.

음브웨와 라이니카는 공포에 질려서 아무 소리도 내지 못하고 바들바들 떨고 있을 뿐이다.

웃기는 것은 이런 상황에서도 두 여자는 강도하고 톰바를 하고 있다는 사실이다.

톰바를 하지 않으면 그녀들은 강도와의 합체가 풀려서 밖으로 나와야만 한다.

강도는 다급하게 초절신강을 뿜어내서 호신막을 만들었다.

파파파파팡!

총탄 수천 발이 호신막을 강타하고 튕겨졌다.

그것에 의한 진동은 강도의 온몸을 거세게 뒤흔들어서 정신을 차리기가 어려웠다.

일단 쳐놓는 무형막하고는 달리 강기에 의한 호신막은 강도의 상태에 따라서 강약이 좌우된다. 지금처럼 흔들리면 호신막도 약해질 수밖에 없다.

진동 때문에 강도가 흔들리면 흔들릴수록 호신막은 점점 약해졌다.

강도는 호신막이 약해지고 있으며 곧 파괴될지도 모른다는 위기감이 들었다.

'비행체 위로 이동!'

강도는 급히 순간 이동을 명령했다.

통!

"흑……."

그러나 그는 레오누루파가 만든 위쪽 벽 안에 거세게 부딪치고는 아래로 나뒹굴었다.

그 바람에 호신막이 더 약해졌으며 몇 초 안에 파괴될 것만 같았다.

'이런 젠장……'

그런데 그때 레오누루파의 원형 벽이 빠른 속도로 좁혀지기 시작했다.

쿠우우…….

소나기처럼 퍼붓는 총탄 세례와 빠르게 좁혀지고 있는 레오누루파의 벽 속에서 위기감이 고조된 강도는 최후의 승부를 걸 수밖에 없는 상황이다.

'빠져나가지 못하면 끝장이다……!'

그는 자신의 모든 공력을 극한으로 끌어 올리는 한편 포르차에게 명령했다.

'포르차, 함께하자!'

콰콰콰콰쾅!

쿠우우우…….

쏟아지는 총탄과 빠르게 좁아지는 레오누루파의 원형 벽 속에서 강도는 어금니를 힘껏 악물었다.

그는 순간 이동 같은 편법이 아닌 정면 돌파를 강행하기로 작정했다.

생각을 공유하고 있는 음브웨와 라이니카는 극도로 긴장하여 서로 꼭 부둥켜안았다.

"가자!"

강도는 벼락같이 소리치면서 자신이 지니고 있는 모든 에너지를 폭발시켰다.

아무 소리도 나지 않았다.

한계를 초월하는 엄청난 음향이 터졌기 때문이다.

레오누루파의 벽 같은 것은 더 이상 존재하지 않았다.

강도를 중심으로 미증유의 대폭발이 일어났으며, 그로 인해 레오누루파의 벽은 물론이고 총탄을 쏘아대던 둔두와 바와슈자들이 먼지처럼 날아갔다.

강도는 전함들의 위로 상승했다.

둔두와 바와슈자들은 태풍에 휩쓸린 지푸라기처럼 날아가는 중이고, 전함들은 강도를 잃어버리고 말았다.

방금 전 레오누루파의 벽 안에서 한순간이나마 가슴이 철

렁했던 강도는 화가 머리 꼭대기까지 솟구친 상태다.

"개새끼들! 뒈져라!"

그에게서 초절신강과 포르차가 한 덩이가 되어 무시무시하게 뿜어졌다.

드가아아—

퍼어…….

눈부신 백광이 뿜어지더니 전함 한 척의 한복판을 관통해 버렸다.

우드드드—

전함은 허리가 부러져서 V 자로 꺾였다.

강도는 두 번째 초절신강을 발출하지 않았다.

강도가 발출한 초절신강을 포르차가 이끌고서 다음 전함의 밑에서 위로 돌진했다.

콰과꽉!

두 번째 전함은 V 자를 뒤집어놓은 모양으로 꺾여서 묵직하게 하강했다.

콰과쾅! 우지직! 퍼퍼퍽!

잠시 동안 초절신강을 동반한 포르차가 나머지 전함 3척을 박살 내는 소리만 터져 나왔다.

처음에 두 동강 난 전함은 이미 호수에 추락했고, 그 뒤로 4척의 전함이 줄줄이 추락하고 있는 중이었다.

그걸 보면서 강도는 시니컬한 미소를 지었다.

"거지 같은 새끼들이 얻다 대고⋯⋯."

주위를 둘러보니까 먼지처럼 날려갔던 둔두와 바와슈자들이 다시 떼거리로 몰려들고 있었다.

그러나 강도에겐 저따위 조무래기들하고 또다시 치고받는 무의미한 싸움을 벌이고 싶은 생각이 전혀 없다.

스읏―

강도의 모습은 그 자리에서 흔적도 없이 사라졌다.


강도는 요족들이 추격할지 모르기 때문에 송자현이 있다는 하우리푸로 곧장 가지 않았다.

강도가 외방계에 들어온 사실을 라이니카의 형제들밖에 모르고 있는데도 전함들과 요족들은 기다리고 있었던 것처럼 나타나서 공격을 가해왔었다.

그런데 강도가 하우리푸로 곧장 갔다가 이번에도 추격을 당한다면 최악의 상황에 직면하게 된다.

그래서 그는 몇 ㎞씩 순간 이동을 10번도 넘게 하고 나서야 하우리푸로 향했다.


"저기예요."

라이니카가 말하기도 전에 강도는 저기가 하우리푸일 것이라고 생각했었다.

드넓은 호수에 1,000개에 가까운 섬들이 떠 있었다.

그런데 섬들은 큰 것이 학교 운동장 정도이고 보통 집 한 채 정도 크기였다.

"하우리푸에는 아무것도 살지 않아요."

라이니카의 말이 아니더라도 저 섬들에서는 그 무엇도 살지 못할 것 같았다.

왜냐하면 1,000여 개의 섬들이 모두 모래섬이기 때문이다.

식물이라고는 아무것도 자라지 않는 모래섬에 바위들이 불쑥불쑥 솟아 있는 정도가 전부였다.

"물속에도 아무것도 살지 않아요. 그리고 풀잎도 가라앉아요. 물이 무겁기 때문이에요."

"중수(重水)로군."

무림에도 중수가 있었다. 물 자체가 무거워서 공기조차도 거기에 닿는 순간 가라앉아 버린다.

하우리푸 망각의 땅이라는 이름이 꽤나 적절했다.

송자현이 이런 곳에 숨어 있으면 그녀 스스로 나올 때까지 요족들은 절대로 찾지 못할 것이다.

그러나 1,000여 개나 되는 섬들 중에서 송자현이 있는 곳을 찾아야 하는 문제가 남았다.

"어떻게 찾죠?"

음브웨가 초조하게 물었다.

"방법이 하나 있기는 한데 그걸 써보고 안 되면 섬을 하나씩 다 뒤져야지."

강도는 모래섬 군락 깊숙이 들어가 중앙이라고 생각되는 곳 허공에 정지했다.

이어서 그곳에서 헤이든인들만 지니고 있는 헤이든펄스를 발사했다.

송자현은 헤이든인이기 때문에 헤이든펄스가 그녀를 감지하여 위치를 알려줄 것이다.

모래섬이 1,000여 개나 되지만 헤이든펄스는 하나도 빼놓지 않고 하우리푸 구석구석까지 퍼져 나갔다.

'찾았다!'

강도는 한쪽 방향에서 헤이든펄스가 아주 약하게 전해지는 것을 감지했다.

너무 미약해서 자칫하면 놓쳐 버릴 수도 있을 정도다.

강도는 끊어질 듯 가느다랗게 이어지고 있는 헤이든펄스를 향해 날아갔다.

하우리푸는 동서가 50㎞, 남북이 70㎞나 될 정도로 매우 방대한 규모였다.

슈우…….

강도는 헤이든펄스가 희미해지자 조금 전에 지나왔던 곳으로 다시 돌아갔다가 그곳에서 다시 방향을 잡아 남남서 방향으로 조금 속도를 늦춰서 날아갔다.

'저기다.'

이윽고 그의 시야에 모래와 바위로 뒤덮인 150평 정도의 섬이 들어왔다.

섬은 절반이 모래고 절반이 삐죽삐죽한 바위들이다.

삿…….

강도는 그중에서 가장 높은 뾰족한 바위 꼭대기에 내려서서 차분하게 주위를 둘러보았다.

헤이든펄스가 조금 더 강해졌다는 것은 송자현이 이 섬에 있다는 뜻이다.

강도는 한곳을 응시하면서 훌쩍 몸을 띄웠다가 평범해 보이는 바위 아래에 내려섰다.

높이 15m, 둘레 12m 정도의 바위는 너무 평범해서 이런 곳에 송자현이 숨어 있을 것 같지 않았다.

사박…….

강도는 천천히 걸으면서 바위 주위를 살펴보았다.

뒤쪽에는 다른 뾰족한 바위가 거의 붙다시피 해서 틈이 매우 좁았다.

그런데 강도는 바위 아래쪽에 구멍이 하나 뚫려 있는 것과 그곳에서 헤이든펄스가 분출되고 있는 것을 감지했다.

'여기다.'

그는 한 사람이 겨우 들어갈 수 있을 듯한 구멍 속으로 몸을 구겨 넣었다.

구멍은 아래쪽으로 나선형으로 구불구불 굽어 있으며 그렇게 30m 정도 내려와서야 바닥에 도착했다.

바닥은 몹시 어두웠으나 강도에겐 문제가 되지 않았다.

그는 바닥에 내려서자마자 한쪽 구석에 웅크린 채 누워 있는 송자현을 발견했다.

"파라마누!"

강도는 송자현의 헤이든 이름을 부르며 급히 다가갔다.

그런데 송자현은 벽을 보고 새우처럼 웅크린 자세로 누워서 꼼짝도 하지 않았다.

강도는 조심스럽게 송자현을 안아서 똑바로 눕혔다.

눈을 꼭 감고 있는 해쓱한 얼굴이 드러났다.

그리고 오른쪽 뺨과 목, 그리고 옆구리의 상처에서는 피고름과 진물이 흘러내리고 있었다.

뺨은 움푹 파여서 뼈가 다 드러났고 목은 거의 절반이 잘려져 있으며, 옆구리는 뭉텅 뜯겨 나가 내장이 흘러나오다가 굳어버렸다.

그녀는 더 이상 신 뭄바라고 할 수 없는 지경에 이르렀다.

한마디로 참혹한 몰골이었다.

원래 그녀를 뭄바로 보여주던 찬란한 은빛이 이 순간만큼은 한 움큼도 보이지 않았다.

"설마 이분이 뭄바 님인가요?"

음브웨는 이런 처참한 몰골이 뭄바일 거라고는 믿어지지 않아서 몸을 떨며 입을 열었다.

"그렇다."

강도는 송자현의 뺨을 쓰다듬었다.

그녀의 속눈썹이 바르르 떨리더니 몹시 힘겹게 눈을 떴다.

반쯤 뜬 눈으로 허공을 부유하던 그녀의 시선이 이윽고 강도에게 맞춰졌다.

"카르만……."

디오도 강도도 아닌 헤이든식 이름을 더듬거리며 불렀다.

강도는 송자현을 안아서 머리를 자신의 무릎에 얹었다.

"내가 고쳐줄게."

"당신이 여기까지 올 줄은 몰랐어……."

강도는 송자현이 젠(Zhen)을 잃었을지도 모른다는 생각이 들었다.

젠은 헤이든인을 헤이든인으로 만들어주는 파워다.

그것을 잃으면 영과 능력을 수용할 수가 없다. 뿐만 아니라 고향 헤이든으로 돌아가지도 못한다. 헤이든의 환경을 견디지 못하기 때문이다.

송자현은 거의 감기는 눈으로 강도를 보려고 애썼다.

"나 여기에 있는 거 어떻게 알았어?"

"네가 물속에서 만났던 여자가 가르쳐 줬어."

"아… 여기로 가라고 가르쳐 준 여자……."

"그래, 그녀야."

강도는, 아니, 디오는 지금 송자현의 모습을 보고 큰 충격을 받아서 그동안 한 번도 생각해 본 적이 없었던 것이 불쑥 떠올랐다.

고향 헤이든으로 돌아가는 것은 어떨까 하는 것이다.

송자현이 돌아가자고 했을 때는 그럴 마음이 조금도 없었는데 지금 그녀의 처참한 몰골을 보니까 불현듯 고향이 그리워졌다.

그리고 자신이 그녀를 사랑하고 있다는 사실을 깨달았다.

강도는 송자현의 가슴에 손을 대고 그녀의 젠이 어떤 상태인지 알아보았다.

그러나 잠시 후 강도는 얼굴을 찌푸렸다. 송자현의 젠은 소멸된 것이나 다름이 없을 정도로 희박했다.

샤하쿠카이의 공격으로 극심한 중상을 입고 도망치면서 그녀의 목숨을 지탱해 준 것이 젠이다.

젠을 조금씩 소멸시키면서 그녀는 목숨을 연장했던 것이다.

지금도 송자현은 조금씩 젠을 소멸시키고 있었다. 만약 젠이 완전히 소멸되면 그녀는 숨을 거둘 것이다.

그렇게 되면 디오라고 해도 그녀를 되살릴 수 없었다.

디오와 뭄바, 이슈텐을 신이 되도록 만든 것이 바로 젠이다.

젠은 헤이든인으로 태어날 때 생성됐다가 그것이 소멸하면 죽음에 이르게 된다.

송자현은 자신의 젠이 거의 사라졌으며 그것마저도 곧 완전하게 소멸될 것이라는 걸 예상하고 있었다.

"카르만… 나는 죽을 거야……."

송자현은 쓸쓸하게 중얼거렸다. 그녀는 자신이 살아날 것이라고 생각하지 않았다.

"자현아."

"파라마누라고 불러줘… 우린 헤이든인이잖아……."

"파라마누, 널 죽도록 내버려 두지 않겠다."

파라마누는 희미하게 미소 지었다.

"젠이 소멸되는 건… 어쩔 수 없는 거야… 아무도 막을 수 없어……."

그녀에게 영 말라이카와 능력 에찌가 있었다면 이처럼 쉽사리 젠이 소멸되지 않았을 것이다.

하지만 말라이카와 에찌가 그녀를 이 지경으로 만든 장본인일 것이다.

"내가 살린다면 살리는 거다."

강도는 파라마누의 가슴에 손바닥을 밀착시켰다.

그런데 그때 어떤 느낌을 받고 움찔했다.

자신이 파라마누를 살리려고 하면서도 그녀를 살리면 자신의 젠이 절반으로 줄어든다는 사실을 걱정하는 또 다른 자신의 모습을 발견한 것이다.

엄밀하게 구분하자면 파라마누를 살리려는 것은 디오이고 젠이 절반으로 줄어드는 것을 염려하는 것은 강도다.

또한 강도는 파라마누에게 급속하게 기울어지고 있는 자신의 마음을 느꼈다.

물론 그 마음은 디오일 것이다.

그리고 젠이 절반으로 줄어들면 일루미나티와 마계, 요계를 어떻게 상대해야 할지 걱정하는 것은 디오가 아닌 강도의 몫이다.

스우우…….

파라마누의 가슴 한복판에 밀착시킨 강도의 손바닥이 은은한 금빛으로 물들면서 젠의 기운이 그녀의 가슴 속으로 냇물처럼 콸콸 흘러 들어갔다.

"아… 카르만……."

파라마누는 꿈을 꾸면서 잠꼬대를 하는 것 같았다.

음브웨와 라이니카는 신이 신을 살리고 있는 광경을 지켜보면서 몹시 긴장했다.

강도가 파라마누의 가슴에서 손을 떼고 잠시가 지나자 놀라운 일이 일어났다.

그녀의 찢어진 뺨과 목, 옆구리의 심한 상처가 은은한 금빛으로 물들면서 빠르게 아물기 시작했다.

오래지 않아서 그녀의 상처는 깨끗하게 아물었다.

강도는 그녀가 천천히 일어나서 앉는 모습을 지켜보며 미소를 지었다.

"카르만……."

파라마누는 강도가 설마 젠을 자신에게 주입할 줄은 꿈에도 예상하지 못했었다.

그녀는 자신의 몸속에 강도가 준 절반의 젠이 있다는 사실을 생생하게 느꼈다.

그녀에게 절반의 젠을 나누어준 강도는 앞으로 절반의 젠만으로 살아가야 한다.

헤이든인에게 젠이 무엇을 뜻하는지 잘 알고 있는 파라마누는 감격을 넘어서 강도에게 한없는 존경심을 갖게 되었다.

그리고 그가 자신을 얼마나 사랑하고 있는지 깨달았다.

헤이든인에게 젠은 생명 그 자체다. 그런데 강도는 그녀에게 자신의 생명을 아낌없이 주었다.

"카르만."

파라마누는 앉은 채 강도에게 두 팔을 뻗었다.

강도는 그녀를 부드럽게 안았다.

그녀의 등을 쓰다듬으면서 강도는 한 가지 사실을 분명히 깨달았다.

그리고 그것을 말해야겠다고 생각했다.

"파라마누, 돌아가자."

파라마누는 그의 품에 안겨서 속삭이듯 말했다.

"그래, 카르만이 가자고 하면 어디든 갈 거야."

"헤이든으로 돌아가자."

"……"

파라마누는 움찔 놀랐다.

그녀는 강도의 가슴에 묻었던 얼굴을 들고 놀란 표정으로 그를 바라보았다.

"그게 정말이야?"

"그래."

그녀는 믿어지지 않는다는 표정을 지었다.

"나 때문에 헤이든에 가려는 거야?"

음브웨와 라이니카는 헤이든이 무엇인지 모르기 때문에 이들이 무슨 대화를 나누고 있는지 이해하지 못했다.

강도는 파라마누에게 같이 헤이든에 가자고 말하면서도 한편으로는 지구를 염려했다.

그런 그의 마음을 짐작했는지 파라마누가 물었다.

"여긴 어떻게 할 거야?"

"다 데리고 가야지."

"누굴?"

"차그라와 파라마누 너의 부속들까지 모두 다."

이슈텐의 헤이든 이름이 차그라다.

파라마누는 씁쓸한 표정을 지었다.

"내 부속들이 날 배신했다는 걸 알고 있었어?"

"비싼 대가를 치르고 알게 됐지."

이어서 강도는 일루미나티에 대해서 설명했다.

설명을 다 듣고 난 파라마누는 차가운 표정을 지었다.

"그것들이 감히……."

그렇지만 그녀는 잠시 후에 누그러진 표정으로 강도에게 안겼다.

"그것들하고 차그라까지 다 데려갈 필요가 있을까? 그냥 우리끼리 가는 게 어때?"

그녀는 손을 뻗어 강도의 뺨을 쓰다듬었다.

"나는 당신만 있으면 돼. 우리끼리 고향에 돌아가서 행복하게 지내자. 응?"

강도는 자신의 뺨을 쓰다듬는 파라마누의 손을 잡았다.

"그럴 순 없다."

파라마누는 싸늘한 표정을 지었다.

"나는 이번에 와다무들에게 온갖 정나미가 뚝 떨어졌어."

강도는 나직하지만 냉정한 목소리로 말했다.

"말라이카와 에찌가 샤하쿠카이를 도운 게 틀림없어. 그런 놈들은 지구에 버리고 갈 거야."

"그럼 현 세계 인간들이 멸종할 거다."

"멸종하든 말든 관심 없어."

"파라마누."

강도는 그녀를 책망하기보다는 위로했다.

"우리가 시작한 일인데 책임을 져야지."

"무슨 책임?"

"우리 셋이 싸우다가 너와 차그라가 패하니까 지구에 빙하기를 일으켰어."

파라마누는 빙하기라는 말이 나오니까 입을 다물었다.

"너희 둘이 빙하기를 일으키지 않았으면 사람들이 지하나 외방계로 들어가지도 않았을 거야. 인간들끼리 현 세계에서 잘 살았겠지."

강도는, 아니, 디오는 예전에 파라마누에게 이런 식으로 자상하게 설명한 적이 없었다.

그랬더라면 파라마누가 분노하지도 않았을 테고 지금처럼 일이 커지지도 않았을 것이다.

"이대로 놔두면 말라이카와 에찌, 차그라의 부속들 민덴허토샤크가 지구를 말아먹을 거야."

"차그라는 왜 가만히 있는지 모르겠어."

강도는 차그라 즉, 이슈텐에게 무슨 일이 생겼을 것이라고 짐작했다.

민덴허토샤크가 말라이카, 에찌와 행동을 같이하고 있다면 이슈텐의 영 외런절에게도 문제가 있다는 뜻이다. 민덴허토샤크는 이슈텐이나 외런절의 명령 없이 혼자 움직이도록 시스템이 되어 있지 않다.

파라마누는 다시 강도의 품에 포근하게 안겼다.

"그래서 이제 어떻게 할 거야?"

"궁금한 게 있다."

강도는 파라마누를 떼어내고 정색을 했다.

"외방계가 어째서 소멸하고 있는 거지?"

"페르다우가?"

"그래, 페르다우."

파라마누는 쓸쓸한 표정을 지었다.

"터졌어."

"뭐가 터져?"

"와다무들이 최초로 현 세계에 나갈 때 내가 페르다우와 현 세계의 겹차원에 차원 통로를 열어줬어."

강도는 뭔가 불길한 예감이 들었다.

"그래서?"

"그곳으로 와다무들이 우르르 몰려 나갔고 그때부터 현 세계로 가는 통로로 사용하고 있는데 그게 닫히지가 않아. 아니, 점점 더 커지고 있어. 아마 겹차원이 풀려서 단일 차원이 됐나 봐."

강도는 불길함이 현실이 돼가는 것을 느꼈다.

"차원 통로가 점점 커지고 있다고?"

파라마누는 고개를 끄떡였다.

"그래서 그곳으로 페르다우의 것들이 현 세계로 빠져나가고 있는 거야."

"그랬군."

"가장 많이 빠져나가는 것이 공기와 물이야. 와다무들은 오랜 진화 끝에 현재는 반쯤 수생 생물로 변했기 때문에 물이 없으면 죽고 말아."

"겹차원이 단일 차원으로 변하면 차원 통로가 닫히지 않는 것인가?"

"열고 나서 늦어도 한 시간 후에 닫아야 하는데 너무 오래 방치해 뒀어. 내 생각에는 너무 많은 와다무가 드나들다 보니까 굳어져서 겹차원이 풀린 것 같고 그래서 닫히질 않는 것 같아."

"거기가 어디지?"

"마오우찌와(Maaouziwa : 동쪽 바다)야."

"바닷물이 빠져나가고 있는 건가?"

"응, 바다야. 페르다우에 하나뿐인 바다지."

그때 강도는 뭔가 떠오르는 것이 있었다.

"그 바다가 현 세계의 어디로 연결됐지?"

"어떤 섬이야. 공항이 있는……."

"영종도!"

"그래, 영종도."

강도는 서울의 화산 폭발, 대지진과 때를 같이하여 서해 바다에서 해일이 발생하고 서울을 집어삼키는 한 달 후의 미래를 생각해 낸 것이다.

어쩌면 해일이 그냥 일어난 게 아닐 것이다. 외방계의 바다 마오우찌와가 서해 영종도로 한꺼번에 터져 나와서 해일이 발생할 수도 있었다.

강도는 벌떡 일어섰다.

"가보자."

거길 막으면 한 달 후에 발생할 해일을 막을 수 있을지도 모른다.

파라마누가 따라 일어섰다.

그녀는 자신이 강도에 의해서 소생했으며 이제부터 무얼 해도 그와 함께할 거라는 사실 때문에 기운이 나고 또 몹시 행복해 보였다.

"이대로 가도 괜찮을까?"

젠을 절반씩 나누어가진 두 신이 버젓이 모습을 드러내고 다녀도 괜찮겠느냐고 묻고 있었다.

또한 둘은 절반씩의 젠을 지니고 있기 때문에 각각 에찌를 만나거나 요계의 전함 같은 것과 마주치면 힘겨워질 것이다.

파라마누는 강도의 팔을 가슴에 안고 몸을 비틀며 애교 섞인 말투로 종알거렸다.

"우리 와다무처럼 할까?"

"와다무?"

파라마누는 기대하는 듯한 표정을 지었다.

"톰바하자."

"……."

그녀의 말에 강도는 머리가 띵했다.

지금 강도 몸속에는 음브웨와 라이니카가 있다. 즉, 강도와 톰바를 하고 있다.

그런데 거기에 파라마누가 자신도 들어가서 톰바를 하겠다는 것이다.

아무것도 모르는 그녀는 강도에게 몸을 비비며 예전 한창 뜨거운 사이였을 때처럼 애교를 부렸다.

"우리 와다무처럼 합체는 한 번도 해본 적이 없었지?"

그녀가 얼마나 기대하는지 얼굴에 역력하게 나타났다.

만약 그녀가 강아지라면 지금 미친 듯이 꼬리를 흔들고 있을 것이다.

하지만 강도는 원래 이런 일을 갖고 쓸데없이 걱정 같은 걸 하는 성격이 아니다.

될 대로 되라는 식은 아니지만 아마도 어차피 이렇게 된 것 걱정하면 뭐 하나, 하고 포기가 빠르기 때문일 것이다.

또한 무슨 일이 닥치면 상황에 따라서 그냥 처리해 버리면 그만이다.

그렇지만 와다무의 신 뭄바가 강도의 몸으로 들어와 톰바를 하겠다는 말을 들은 음브웨와 라이니카는 제정신이 아니다.

절망에 빠진 그녀들은 금방이라도 숨이 끊어질 것처럼 당황하고 있다.

그렇지만 강도의 대범한 성격은 그런 것마저도 전혀 신경 쓰지 않았다.

"카르만."

"응."

"우리가 합체를 해야지만 적을 상대하기가 편해."

"그건 그렇지."

"그럼 들어갈게."

파라마누는 강도의 대답을 듣지도 않고 넝마 같은 옷을 훌훌 벗고 알몸이 되더니 순전히 자력으로 강도의 몸속으로 들어가서 합체했다.

강도는 이제부터 무슨 일이 일어날지 예상하지 않았다. 해봐야 골치만 아플 테니까 말이다.

그리고 예상했던 소리가 터져 나왔다.

"뭐야, 이게?"

강도는 모르는 척하고 구멍 위로 올라갔다.

파라마누가 뾰족하게 소리쳤다.

"카르만! 이것들은 뭐냐고?"

바위의 구멍을 나오면서 강도는 태연하게 대답했다.

"음브웨하고 라이니카야. 서로 인사해라."

"이름을 물어본 게 아니잖아! 이것들이 왜 여기에 있는 거야? 얘네들 지금 카르만하고 톰바하고 있는 거야?"

강도는 구멍 밖으로 나와서 주위를 둘러보았다.

"그녀들이 파라마누 있는 곳을 알려줬다."

"……."

잠시 있다가 파라마누가 짧게 외쳤다.

"너!"

"네… 뭄바 님, 저예요. 알아보시겠어요?"

"나 다쳤을 때 물속에서 만났던 게 너였느냐?"

"네……."

파라마누는 라이니카와 음브웨의 생각을 읽고 그녀들이 강도와 톰바를 할 수밖에 없었다는 사실을 알게 되어 화가 많이 가라앉았다.

"카르만."

파라마누가 착 가라앉은 목소리로 말할 때 강도는 하늘로 솟구치고 있었다.

"나만 사랑하는 거 맞지?"

강도는 마오우찌와를 향해 날아가며 그녀를 꾸짖었다.

"너 바보냐?"

파라마누는 찔끔했다.

"미안해."

생명보다 소중한 젠을 절반이나 준 카르만에게 사랑하느냐고 묻는 것은 실례다.


"저게 뭐야?"

강도의 눈을 통해서 차원 통로를 본 파라마누는 얼굴을 찌푸렸다.

그녀가 외방계로 돌아올 때까지만 해도 작은 냇물 정도 크기였던 차원 통로가 지금은 강처럼 변해 있었다.

강도가 봤을 땐 아직 한강 정도 크기까지는 아니지만 몇 번 인가 춘천 갈 때 봤던 북한강만 한 크기다.

그리고 그곳을 통해서 배를 탄 요족들이 줄지어서 현 세계로 향하고 있었다.

배 한 척에는 15~16명씩 타고 있으며 그런 배들이 꼬리를 물고 강물을 따라 흘러갔다.

사실 그곳은 육지에서 500m쯤 떨어진 바다다. 그런데 그곳의 폭 40m 정도가 강물처럼 한쪽 방향으로 흘러가고 있기 때문에 확연하게 강처럼 보였다.

그리고 흘러가던 강물과 배들이 갑자기 사라지는 곳이 있는데 거기가 바로 차원 통로다.

강물과 배들이 흘러가다가 안개가 흐릿하게 깔려 있는 둥근 원 즉, 차원 통로에 닿으면 빨려드는 것처럼 그 속으로 사라졌다.

배들이 출발하고 있는 육지에는 제법 큰 항구와 도시가 있으며 꽤 많은 요족이 거주하고 또 움직이고 있었다.

항구에는 수백 척의 배들이 정박해 있으며 그것들 중에는 얼마 전에 하늘에서 강도를 공격했던 전함의 모습도 10여 척이 보였다.

강도는 육지에서 바다 쪽으로 길게 뻗은 부두에서 요족들 속에 섞여 있다.

항구에 들어오기 전에 요족들 중에서 6위 카카라음투의 모습으로 변신했기 때문에 아무도 그를 의심하지 않았다.

강도는 부두에서 출발 준비를 하고 있는 요족 용사 15~16명이 타고 있는 작은 배들을 지켜보고 있는 중이다.

배에는 요족들만이 아니라 강도가 봤던 총을 비롯한 몇 가지 무기들도 싣고 있었다.

여자들은 없고 젊은 요족들만 타는 것으로 봐서 전투를 준비하는 것 같았다.

강도가 변신한 6위 카카라음투는 군대로 치면 중대장급이라서 아무도 그를 제지하지 않았다.

강도는 저 멀리 바다의 수면에 있는 차원 통로를 응시했다.

그가 보고 있는 중에도 요족 용사들을 태운 배들이 차원 통로 속으로 사라지고 있었다.

저 속도에 저런 식으로 하루 종일 쉬지 않고 나가면 최대 2,000명을 조금 상회할 거라는 계산이 나온다.

열흘이면 2만, 아니다, 차원 통로가 하루가 다르게 커지고 있기 때문에 점점 더 많은 요족이 현 세계로 쏟아져 나갈 수 있게 된다.

어찌 됐든 간에 한 달째에는 차원 통로가 터져서 거기로 마오우찌와의 바닷물이 한꺼번에 서해 바다 영종도로 쏟아져 나올 것이다.

요족이 해일을 일으키는 것은 차원 통로가 터지기 때문인 게 분명하다.

디오의 영 스피리토가 차원 통로를 보면서 어떻게 할 것인지 궁리하기 시작했다.

파라마누는 자세가 좋지 않아서 몸을 틀어 강도와 같은 방향을 보는 자세를 취했다.

"저리 비켜라."

음브웨와 라이니카는 파라마누의 말이 떨어지기 무섭게 재빨리 둘이 포개서 뒤로 물러났다.

"아……."

파라마누는 자세를 제대로 잡고 엉덩이를 강도에게 내주고는 찌릿한 흥분에 살짝 몸을 떨었다.

"저놈들 현 세계하고 전면전을 벌이려는 게 분명해."

그녀는 강도의 눈을 통해 차원 통로를 보면서 말했다.

"마계하고 손을 잡았을 거야. 일루미나티인가 하는 것들이 주축이 됐을 거야."

차그라, 이슈텐의 부속들까지 가세했다면 젠을 절반씩 갖고 있는 강도와 파라마누로서는 상대하기 버거울 것이다.

방법은 하나뿐이다.

디오가 삼신 모두를 데리고 헤이든으로 떠나는 것이다.

물론 그들의 부속들까지 깡그리 데려가면 강도로서는 승산이 있다.

강도로선 디오와 뭄바가, 아니, 카르만과 파라마누든 뭐든 간에 그들이 이슈텐과 일루미나티까지 헤이든으로 데려가주 길 바란다.

강도는 스피리토가 생각하는 동안 천천히 그러나 세밀하게 주변을 둘러보았다. 만약의 경우 이 도시를 공격해야 할지도 모르기 때문이다.

그때 스피리토가 생각을 끝냈다.

차원 통로를 닫는 방법은 두 가지다.

하나는 처음처럼 겹차원이 되도록 기다렸다가 닫는 것이고, 또 하나는 폭파하는 것이다.

그런데 자연적으로 겹차원이 될 때까지는 지금부터 27년을 기다려야 한다는 계산이 나왔다.

그리고 차원 통로를 폭파시키려면 핵폭탄 2~3개 정도의 위력이 필요하다.

둘 다 문제가 있다. 하나는 너무 오래 기다려야 한다는 것이고, 또 하나는 핵폭탄 2~3개의 폭발력이면 다른 문제가 생긴다는 것이다.

둘 다 강도가 어떻게 해볼 가능성은 있다. 가능성이 없다면 방법도 뭣도 아니다.

첫 번째는 강제로 겹차원을 만드는 것이다.

2개의 차원이 서로 멀리 떨어져 있으면 불가능하거나 힘이 몇 배나 더 들겠지만, 다행히 가깝게 있으면 힘으로 차원을 밀고 당겨서 겹치게 만들 수 있다.

그러고는 차원 통로를 봉해 버린다.

말라이카와 에찌로서는 차원 통로를 열지 못한다. 그것은 젠이 있어야지만 가능한 일이다.

두 번째로 강도가 핵폭탄 2~3개의 폭발력을 인위적으로 만들어내는 것이다.

그런데 그렇게 하면 폭발의 충격 때문에 현 세계에 어떤 피해를 입힐 수도 있다.

외방계 페르다우에도 피해가 있겠지만 그것까지 신경 쓸 때가 아니었다.

폭발력이 차원 통로를 닫으면서 현 세계의 차원을 일그러뜨릴 가능성도 있다.

현 세계에 어떤 피해를 입힐지는 정확하게 모르지만 시공간을 뒤틀리게 하는 것만은 분명하다.

그렇게 되면 현 세계 영종도 인근에 살고 있는 사람들이 다른 차원으로 퉁겨진다거나 아니면 다른 시간대로 빨려 들어갈 수 있다.

그러므로 첫 번째 방법인 겹차원을 만드는 것이 현재로선 좋을 것 같았다.

강도는 거기에 대해서 파라마누와 상의를 했다.

"우선 차원끼리 얼마나 벌어져 있는지 알아야 해."

"차원 통로가 있는 곳이 페르다우의 차원 끝이겠지?"

"그래. 서둘러야 해. 시간이 지날수록 차원 통로가 커질 테니까 봉해 버리는 게 점점 더 어려워져."

스피리토는 차원끼리의 간격을 알아내는 방법을 생각해 냈다.

차원의 끝을 붙잡고 다른 차원의 끝을 향해서 젠을 발사하면 된다. 레이더와 같은 원리다.

강도는 어떻게 차원 통로까지 가서 그 끝을 붙잡을 것인가에 대해서 궁리를 해보았다.

지금도 요족의 배들이 꼬리를 물고 차원 통로를 빠져나가고 있는데 그가 버젓이 그곳에 나타나 차원 통로를 붙잡을 수는 없을 것 같다.

"카르만, 물속에서 하면 될 것 같은데?"

"물속?"

그렇다. 차원 통로는 원형이니까 반원만 수면 위로 나와 있고 나머지 반원은 물속에 잠겨 있다. 그러니까 파라마누 말대로 물속에서 하면 될 것이다.

너무 골똘하게 생각하면 간단한 해답이 떠오르지 않을 때가 있다.

"똑똑한데? 파라마누."

칭찬을 들은 파라마누는 으쓱거렸다.

"그 정도야, 뭐."


물속에 들어가서 확인해 본 강도는 실망했다.

2개 차원의 끝이 50m나 된다. 차원 통로의 폭과 비슷하다. 게다가 간격이 점점 멀어지고 있다.

물 밖으로 나오니까 어두워지고 하늘에는 3개의 작은 달이 삼각형으로 떴다.

그런데도 차원 통로 밖으로 나가는 요족들의 행렬은 계속 이어지고 있었다.

"어떡하지?"

강도는 거대한 전함 꼭대기에 혼자 표류하게 서 있는데 파라마누가 착 가라앉은 목소리로 말했다.

"뭐든 해야지."

강도는 입으로는 대답하면서도 어떻게 할 것인지 생각을 계속했다.

아니, 그도 생각하고 스피리토도 생각했다.

"이렇게 하자."

이윽고 강도는 스피리토가 생각해 낸 것을 이야기했다.

"차원 통로만 시간 이동을 시키자."

"차원 통로를 만들기 전으로?"

"그렇지."

"할 수 있겠어?"

"일단 해보자."

강도는 전함 꼭대기에서 그대로 몸을 날려 물속으로 다이빙했다.


강도는 차원 통로 밖으로 나갔다.

현 세계 영종도 근처인데 그곳 역시 짙은 밤이다.

현 세계는 하루가 24시간인데 외방계는 9시간이 하루다.

외방계 페르다우하고는 달리 강도가 나온 곳에서는 차원 통로의 모습이 보이지 않았다.

다만 캄캄한 어둠 속에서 요족들이 탄 작은 배들이 줄지어서 갑자기 스르륵 흘러나오고 있었다.

그것은 마치 터널 속에서 나오는 듯한 광경인데 그나마도 너무 어두워서 가까이에서도 잘 보이지 않았다.

물론 강도가 아닌 보통의 시력일 때의 얘기다.

그런데 요족들의 배들은 줄지어서 가까운 거리에 있는 어느 섬으로 향하고 있다.

영종도는 아니다. 영종도 남서쪽에 있는 무의도라는 섬이다.

차원 통로에서 무의도까지 200m 정도의 거리인데 그곳으로 이동하고 있는 요족들 머리 위로 가상의 바다 수면이 씌워져 있다.

말하자면 요족들 위로 비닐 막 같은 가짜 바다 수면이 씌워져서 위장하고 있었다.

강도는 수면 위 50m 상공에서 그 광경을 지켜보았다.

무의도에 오른 요족들은 배를 육지로 끌어 올리고는 바닷가에서 가까운 울창한 숲속으로 꾸역꾸역 들어갔다.

강도는 일단 그들은 내버려 두기로 했다. 지금은 차원 통로를 닫는 것이 급했다.

그가 밖으로 나온 이유는 총본의 시스템과 자신의 파워를 동시에 사용할 수 있기 때문이었다.

제38장
우주선 모크샤

"천룡."

강도는 차원 통로 위에서 영종도 라이징호텔 총본 사령탑의 천룡을 호출했다.

측근들은 총본 사령탑에서 대기하고 있다가 강도의 호출에 다들 반색했다.

—주군! 어디십니까?

강도는 현재 상황을 측근들에게 간단하게 설명했다.

"이곳 좌표를 보내겠다. 내가 카운트할 테니까 전력을 다해서 좌표로 파워를 전송해라."

―좌표 입력했습니다. 스탠바이하고 있습니다.

강도는 차원 통로 전면 50m 상공에 떠 있다가 천천히 하강하여 20m 상공에서 멈췄다.

요족들이 위를 올려다보면 발각될 수도 있는 위치지만 되도록 차원 통로 정면에서 에너지를 쏘아 보내야 하기에 어쩔 수가 없었다.

강도는 양팔을 모아서 뻗어 두 손끝을 차원 통로의 오른쪽 끝에 맞추고 젠과 포르차를 잔뜩 주입했다.

총본에서 차원 통로의 왼쪽을 맡고 강도가 오른쪽을 맡는다.

강도는 물론 그의 몸속에 있는 파라마누와 음브웨, 라이니카 모두 극도로 긴장했다.

웃기는 건 세 여자가 아직도 강도와 톰바를 하고 있는 중이라는 사실이다.

그런데 그때 차원 통로 바깥으로 무언가 거무튀튀한 커다란 물체가 느릿하게 나오기 시작했다.

요계 거대 전함의 앞대가리다. 차원 통로가 넓어지다 보니까 이제는 덩치가 큰 전함까지 기어 나오려고 했다.

물 위에서나 하늘에서 자유자재로 움직이는 저놈이 나오면 골치 아파진다.

구우우…….

전함이 3분의 1쯤 차원 통로 밖으로 나오고 있다.

"카운트한다!"

강도의 외침이 총본 시스템에 전해졌다.

"5! 4! 3! 2!"

그는 어금니를 악물고 자신과 파라마누의 젠, 그리고 포르차를 뿜어냈다.

"발사!"

순간 강도의 양손 끝에서 거의 투명한 백색과 은은한 금빛의 두 줄기 빛이 폭발하는 것처럼 뿜어졌다.

동시에 반대편에서 굵은 빛줄기가 차원 통로 왼쪽을 향해 일직선으로 쏘아져 왔다.

그리고 한순간 강도와 총본에서 발출된 에너지가 거의 50m에 육박하고 있는 차원 통로의 양쪽 끝에 적중됐다.

파지지지직—!

그러고는 차원 통로의 커다란 원형 전체에 엄청난 전기가 흐르는 것처럼 빛이 번쩍이며 스파크가 생겼다.

웅웅웅웅웅—

캄캄한 한밤중에 바다 위에서 커다란 반원형이 눈부신 빛을 번쩍이는 광경은 불꽃놀이를 하는 것처럼 장관이었다.

차원 통로를 빠져나와서 무의도로 향하던 요족들은 놀라서 뒤돌아보았다.

"으으… 사라져라, 어서!"

강도는 이마와 목에 힘줄이 불끈 솟아올라 어금니를 악물고 소리쳤다.

그런데 차원 통로는 웅웅거리는 음향을 내며 빛나고 있을 뿐 사라질 기미가 보이지 않았다.

전함은 절반 이상이 이쪽 바다로 나온 상태다.

만약 이게 실패하면 골치 아파진다.

차원 통로를 시간 이동 시키는 것보다 훨씬 어려운 방법이 남아 있다는 것은 차치하고서라도 강도 즉, 디오가 차원 통로를 닫고 있다는 사실을 요족이 알게 되는 것이 문제다.

그것은 요족들에게 극도의 경계심을 불러일으키게 하는 것은 물론이고 그들로 하여금 또 다른 방법을 들고 나오게 할 수도 있다.

부우우… 웅웅웅…….

강도가 보기에 차원 통로에 가해지는 파워는 충분한 것 같은데 닫히지 않는 것이 이상했다.

그때 스피리토가 뭔가를 생각해 냈다.

"파라마누, 저거 언제 만든 거야?"

"잘 모르겠어."

파라마누의 영 말라이카가 없으니까 그녀의 두뇌는 맥을 추지 못했다.

스피리토가 재빨리 파라마누의 머릿속을 스캔했다.

2016년 9월 13일 오후 5시 37분 24초.

'됐다.'

강도는 파라마누가 차원 통로를 개통한 시간을 정확하게 입력하지 않았기 때문에 사라지지 않는 것이라고 판단했다.

그는 파라마누가 차원 통로를 개통한 시간보다 1분 빠른 시간을 입력했다.

그의 판단은 옳았다.

비비우우움!

차원 통로가 한 차례 눈부시게 빛을 뿜어내는가 싶더니 갑자기 사라져 버렸다.

빛이라곤 한 점도 보이지 않는 어둠 속에 미처 다 빠져나오지 못한 전함의 앞쪽 5분의 3 정도가 괴물처럼 그곳에 남아 있을 뿐이다.

거대한 전함이 잘라져 버렸다. 뒷부분은 요계에 잘라진 채 남아 있을 것이다.

그우우…….

5분의 3 정도만 현 세계에 나온 채 잘라진 전함은 죽어가는 괴물의 서글픈 울음소리를 내면서 뒤쪽부터 빠르게 침몰하기 시작했다.

강도는 총본에 명령했다.

"무의도에 요족들이 있다. 모두 소탕해라."

─명을 받듭니다!

강도는 한남동 저택으로 갔다.

그의 기억에서 유빈과 가족에 대한 일들은 조금씩 지워지고 있지만 그는 아직 깨닫지 못하고 있었다.

디오가 파라마누를 사랑하는 마음이 크고 깊을수록 강도의 기억은 쇠퇴하고 있었다.

사랑은 두 사람에게 나누어질 수가 없다.

그의 뇌리에 아직까지는 유빈과 가족이 남아 있지만, 지금은 파라마누와 함께 있기 때문에 그녀를 데리고 집으로 갈수는 없다.

또한 그는 지금은 파라마누와 같이 있고 싶다.

"주군!"

한남동 저택을 총괄하고 있는 단총아는 강도가 사용하는 별채 침실을 정리하고 있다가 갑자기 나타난 강도를 보고 자빠질 것처럼 놀랐다.

"총아, 좀 쉬어야겠다."

"목욕물을 받을까요?"

"그래."

"목욕물을 받을 동안 차를 마시고 계세요."

커다란 욕조에는 뜨거운 물이 넘실거렸다.

강도는 욕조 안에 들어가 얼굴만 내놓고 길게 누웠다.

피곤하지는 않은데 뜨거운 물에 몸을 담그니까 몸이 나른한 것이 아주 좋았다.

"음……."

"아아……."

강도가 신음 소리를 내는 것과 동시에 몸속의 세 여자도 동시에 탄성을 터뜨렸다.

강도는 세 여자에 대해서 잠시 잊고 있다가 그제야 생각이 나서 그녀들을 모두 밖으로 쏟아냈다.

우당탕!

"앗!"

"어멋?"

갑자기 밖으로 우르르 쏟아져 나온 세 여자는 누워 있는 강도와 뒤엉켰다.

순간 음브웨와 라이니카가 욕조 위로 둥실 떠올랐다가 욕조 밖 바닥에 내동댕이쳐졌다.

퍼퍽!

"악!"

"꺄악!"

파라마누의 짓이다.

그녀는 두 여자는 안중에도 없이 강도 위에 엎드려서 몸을 포개며 입맞춤을 했다.

"으음… 카르만… 사랑해……."

강도는 파라마누의 얼굴을 슬쩍 밀어내고는 음브웨와 라이니카를 보았다.

"너희도 들어와라."

그러나 두 여자는 파라마누의 눈치를 살폈다.

"저 둘도 애썼다. 파라마누, 들어오라고 해라."

강도가 자신의 허락을 구하자 그제야 파라마누는 그에게 입술을 비비면서 허락했다.

"들어와서 반대쪽에 죽은 듯이 있어라."

음브웨와 라이니카는 조심스럽게 욕조에 들어와서 강도와 파라마누의 발치에 나란히 앉았다.

파라마누는 두 여자를 금세 잊고 강도에게 집착했다.

"사랑해, 카르만… 아아……."

강도는 파라마누의 허리를 꼭 안았다.

"우리 모크샤에 가보자."

모크샤는 그들이 헤이든에서 타고 온 우주선이다. 거기에 간다는 것은 헤이든으로 돌아가는 것을 기정사실화한다는 뜻과 같다.

"그래. 카르만이 집에 가서 고장 난 곳을 수리해 줘. 수리가 끝나면 헤이든으로 돌아가는 거야."

목욕을 끝낸 강도 등이 옷을 갈아입고 쉬고 있을 때 옥령이 보고했다.

—주군, 무의도의 요족들은 다 처리했어요.

"수고했다."

—그런데 다 죽이지 못한 거 같아요.

강도는 트랜스폰을 통해서 옥령의 생각을 읽었다.

사실인즉 이렇다.

무의도 숲속에 동굴이 하나 있는데 요족들이 그곳으로 들어가고 있었다고 한다.

옥령 등이 고수들을 이끌고 요족들을 처치하면서 동굴 속으로 들어가 보니까 지하로 150m쯤 들어간 곳에서 동굴이 끝났으며 처치한 요족은 총 170명이다.

그런데 요족들이 숨어 있기에는 동굴이 지나치게 협소했으며 또한 요족이 170명밖에 되지 않는다는 점이 이상했다.

강도의 말로는 요족들이 차원 통로를 통해서 계속 나왔다는데 170명은 너무 적은 수다.

"옥령, 내가 갈 테니까 기다려라."

—뭔가 있는 건가요?

"거기 고수가 몇 명이나 있지?"

—100명이에요.

"1,000명 불러 놔라."

옥령은 깜짝 놀랐다.

—여기 어디에 요족 소굴이 있는 거예요?

"그 아래에 섹헤이가 있는 것 같다."

—섹헤이라면 마계가 서울 시내 지하에 구축했다는 켈레트 섹헤이(Keletszékhely：동방 본부) 말인가요?

강도는 일전에 섹헤이에 다녀온 일을 측근들 뇌리에 심어준 적이 있었다.

"그래."

—언제 오실 건가요?

"지금 간다."

강도는 옥령과 통화를 끝내고 파라마누에게 말했다.

"다녀와야겠다."

파라마누는 기대하는 표정으로 물었다.

"나도 같이 가면 안 될까?"

얼마 전까지만 해도 무데뽀 성격이던 그녀였지만 지금은 몹시 다소곳하고 고분고분하게 변했다.

강도는 파라마누의 머리를 쓰다듬었다.

"당신은 할 일이 있어."

강도는 파라마누의 머리를 처음 쓰다듬지만 그녀는 흡족한 표정을 지었다.

또한 강도가 자신을 '당신'이라고 불러주는 것에 몹시 만족하는 표정이다.

"뭔데?"

강도는 맞은편에 나란히 앉아 있는 음브웨와 라이니카를 쳐다보았다.

"페르다우에서 라이니카의 춤비족을 모두 데려와."

라이니카는 깜짝 놀라 발딱 일어섰다.

"아……."

사실 라이니카는 자신이 강도와 함께 현 세계로 오게 되면서 가족과 부족들하고는 이별했다고 생각하여 마음이 몹시 아팠다.

그렇지만 요족 여자는 한 번 남자를 섬기게 되면 죽을 때까지 그의 곁에서 떠나지 못하기 때문에 이것이 자신의 운명이라고 여기면서 스스로 마음을 다독였다.

그런데 강도가 느닷없이 그런 말을 한 것이다.

파라마누는 이해하지 못하는 듯 눈을 깜빡거렸다.

"왜 그래야 하는 거지?"

강도는 엷은 미소를 지었다.

"라이니카는 내 사람이 됐으니까 그녀의 가족과 부족을 구하는 건 당연하지 않겠어?"

파라마누는 고개를 끄떡였다.

"저 아이가 카르만의 야야(Yaya : 여종, 하녀)로구나?"

파라마누는 생긋 웃었다.

"알았어."

강도는 음브웨에게 말했다.

"음브웨, 너희를 중랑천으로 보내줄 테니까 파라마누에게 차원 통로의 위치를 가르쳐 줘라."

"네, 오빠."

"오빠?"

파라마누는 살짝 어이없는 얼굴로 음브웨를 쳐다보았다.

강도는 대수롭지 않게 설명했다.

"음브웨는 내 동생이야."

"음……."

"파라마누는 내 부인이고."

파라마누는 눈을 크게 뜨더니 어린아이처럼 좋아했다.

"헤헤… 카르만은 내 남편이고?"

"그래."

"으헤헤… 우리 남편 최고야."

음브웨와 라이니카는 페르다우의 신 뭄바가 바보처럼 헤헤 거리면서 웃는 모습을 눈으로 보면서도 믿어지지가 않았다.

　　　　\*　　　　　\*　　　　　\*

　강도는 혼자 무의도 동굴 막다른 곳에 나타났다.

　"주군!"

　기다리고 있던 옥령과 질풍대주, 질풍대원, 고수들이 일제히 허리를 굽혔다.

　태청이 보고했다.

　"나머지는 밖에 속속 도착하고 있습니다."

　1,000명이니까 좁은 동굴에 다 들어오는 것은 무리다.

　옥령이 동굴의 막다른 곳을 가리키며 앞섰다.

　"여기예요."

　동굴 막다른 곳은 5m 폭에 2m 높이라서 10여 명만 서면 꽉 찬다. 옥령은 긴장된 얼굴로 주위를 둘러보았다.

　"여기에 섹헤이로 통하는 비밀 통로가 있다는 건가요?"

　"그래."

　강도는 막다른 곳을 날카롭게 살피면서 고개를 끄떡였다.

　"여기다."

　그가 가리킨 곳은 그냥 동굴 벽이었다.

　보통 사람들 눈에는 보이지 않지만 강도의 눈에는 그곳에 미세한 틈이 또렷이 보였다.

　슥—

그가 벽을 어루만지자 갑자기 변화가 생겼다.

우르르······.

자갈 구르는 소리가 나더니 벽이 양쪽으로 좍 갈라지고 그 안에 아담한 공간이 나타났다.

섹헤이로 내려가는 엘리베이터다.

강도가 공간으로 거침없이 들어가자 옥령과 태청 등이 즉시 뒤따랐다.

강도는 밖에 있는 질풍대원에게 지시했다.

"계속 내려 보내라."

공간에 10명이 타고 가만히 있으니까 문이 저절로 닫혔다.

그우우······.

그러고는 빠른 속도로 하강을 시작했다.

강도는 엘리베이터에 타고 있는 수하들에게 가볍게 고개를 끄떡였다.

"준비해라."

엘리베이터에서 내리자마자 싸우게 될 테니까 거기에 대해서 준비하라는 뜻이었다.

강도를 제외한 모두들 천천히 무기를 뽑아 움켜쥐었다.

엘리베이터가 도착하는 곳 즉, 섹헤이가 어떤 상황인지 강도는 모르고 있다.

알려고 하면 알 수 있지만 구태여 그럴 필요가 없다.

섹헤이에 뭐가 있더라도 자신이 있기 때문이다.

두웅…….

엘리베이터가 멈추고 문이 열리자 강도와 옥령, 태청 등은 거침없이 걸어 나갔다.

굳은 얼굴로 걸어 나온 강도는 그곳에 펼쳐져 있는 광경을 보고 슬쩍 미간을 좁혔다.

엘리베이터 앞에서 조금 떨어진 곳에는 수십 명의 요족 용사들이 서서 웅성거리고 있는데 조금 전에 엘리베이터를 타고 도착한 자들 같았다.

그리고 30m쯤 떨어진 지하 광장에는 언뜻 봐도 수천 명은 됨직한 요족들이 모여서 앉아 있었다.

옥령과 태청 등은 요족 수천 명을 발견하는 순간 얼굴에 긴장감이 팽팽하게 번졌다.

강도가 가볍게 고개를 끄떡이자 옥령과 태청을 비롯한 고수들은 쏜살같이 앞으로 쏘아가면서 맹렬하게 수중의 무기를 휘둘렀다.

쉬이익!

쐐애액!

날카로운 파공음에 엘리베이터 앞에 모여 있던 요족들이 뒤돌아보다가 낯선 자들을 발견하고 움찔 놀랐다.

파아아—

"흐악!"

"크아악!"

시퍼런 광채 여러 줄기가 어지럽게 번뜩이더니 요족들 머리가 우수수 잘라져서 허공으로 떠올랐다.

그것은 영락없는 무림에서의 싸움 장면이었다.

강도는 허공으로 떠올라 광장을 향해 빛처럼 쏘아갔다.

슈우우—

그는 이들 요족 무리의 우두머리를 찾아내려고 광장 허공으로 비스듬히 솟구쳐서 무리의 앞쪽을 살펴보았다.

광장에 모여 있는 요족들은 엘리베이터가 있는 쪽에서 갑자기 비명 소리가 터지자 일제히 그곳을 쳐다보았다.

'저놈이로군.'

강도는 수천 명 요족 무리의 전방에 뚝 떨어져서 놓인 의자에 앉아 있는 요족을 주시했다.

그런데 그자는 강도가 한 번도 본 적이 없는 요족의 모습을 하고 있었다.

챙이 짧은 세 가지 색의 모자를 쓰고 있으며, 금빛의 비늘로 만든 갑옷 같은 복장이다.

그리고 놀랍게도 미간에 하나의 삼각형 뿔이 10㎝ 정도 튀어나왔다.

더구나 앉아 있는 키가 그 옆에 호위하듯이 서 있는 2위 바우만보다 더 크고 체구도 우람했다.

'드빌이다.'

강도는 드빌을 본 적이 없지만 음브웨와 얏코에게서 드빌이 어떻게 생겼는지 들었기 때문에 한눈에 알아보았다.

최상위 1위 드빌은 요계 7개 대부족의 대족장이며 쿠카이라고도 부른다.

요계의 제왕인 샤하쿠카이와 동급인 것이다.

강도는 거칠 것 없이 쿠카이를 향해 쏘아갔다.

슈우우—

쿠카이를 제압하면 이곳의 수천 명 요족들을 굴복시킬 수 있다는 생각 같은 것은 하지 않았다.

그저 쿠카이를 제압해서 정보를 캐낼 것이고 그에게 항복을 받아낼 생각이다.

그래서 그게 통하면 다행이고 아니면 다 죽여 버린다는 계획이다.

어차피 이놈들은 현 세계에 싸우려고 온 요족 용사들이니까 명백한 적이다.

쿠카이를 비롯하여 그의 좌우에서 호위하고 있는 4명의 바우만과 요족들은 전부 엘리베이터 쪽을 쳐다보느라 강도가 쏘아오는 것을 발견하지 못했다.

쿠카이가 얼마나 강할지는 모르지만 이처럼 귀신도 모르게 접근하는 강도를 막거나 피하는 것은 불가능할 것이다.

강도는 쿠카이의 머리 위에서 빛처럼 하강하면서 초절신강 지공을 발출했다.

이즈음 강도의 초절신강은 결코 평범한 초절신강이 아니다.

평범한 초절신강이란 한때 천하무림을 두려움에 떨게 만들었던 바로 그 초절신강이다.

그러나 지금 그의 초절신강은 무림에서보다 3배 이상 강력하고 빨라졌다.

왜냐하면 디오의 젠과 포르차가 더해졌기 때문이다.

초절신강 지공 여러 줄기가 쿠카이에게 적중됐지만 아무 소리도 나지 않았다.

"으으……."

쿠카이는 흠씬 두들겨 맞은 것처럼 온몸이 뻐근함을 느끼고 낮은 신음을 흘렸다.

그는 몸을 뒤척이면서 움직이려다가 손가락 하나 까딱할 수 없는 것을 느끼고 어이없는 표정을 지었다.

가만히 앉아 있다가 몸이 뻐근한 데다 또 움직여지지 않으니까 황당한 일이다.

그의 신음 소리를 듣고 호위하고 있던 바우만들이 쳐다보면서 모여들었다.

"왜 그러십니까?"

그러나 4명의 바우만들은 쿠카이에게 다가들다가 강도의 공격으로 한꺼번에 픽픽 쓰러졌다.

"으윽……"

"흐윽……"

쿠쿵! 쿵…….

그들의 앞쪽 10m 거리에 앉아 있는 요족 용사들은 난데없는 상황에 놀라서 웅성거렸다.

그때 강도가 쿠카이 앞에 그를 마주 보면서 소리 없이 하강하여 우뚝 섰다.

그를 발견한 요족들이 우르르 일어섰다.

요족들은 상황이 심상치 않음을 감지하고 일제히 총과 칼 따위의 무기를 뽑아 쥐고 강도를 쏘아보았다.

쿠카이가 앉은 채 강도를 가리키면서 쩌렁하게 외쳤다.

"죽여라!"

그와 동시에 요족들이 우르르 강도를 향해 몰려가며 공격을 개시했다.

하지만 강도는 그들을 등진 채 뒤돌아보지도 않았다.

투타타타탕!

요족들이 몰려들면서 총을 쏘았다.

우두두두둑!

그러나 총탄들은 강도에게 이르지도 못하고 통겨져서 요족들에게 쏟아졌다.

퍼퍼퍼퍽!

"흐악!"

"와악!"

소나기처럼 쏟아지는 총탄을 맞은 요족들이 여기저기에서 우수수 쓰러졌다.

"총을 쏘지 말고 공격하라!"

누군가 다급하게 소리쳤다.

요족들은 반월처럼 휘어진 만도(蠻刀) 같은 것과 길이 2m 정도이며 끝이 두 갈래로 갈라진 창, 그리고 한 번에 3발씩 발사할 수 있는 절반 크기의 활 따위를 사용했다.

그때 강도와 요족들 사이로 허공에서 몇 사람이 빠르게 떨어져 내렸다.

옥령과 태청을 비롯한 고수들이며 그들은 땅에 내려서기도 전에 수중의 무기를 휘둘러 요족들을 죽이기 시작했다.

무림 최강의 고수들과 요족은 아예 싸움이 되지 않았다.

옥령과 태청 등 9명이 휘두르는 도검에 요족들은 한꺼번에 수십 명이 거꾸러졌다.

"크악!"

"와악!"

그렇지만 요족은 원래 겁이 없으며 무서움을 모른다.

그들은 쓰러진 동료들을 뛰어넘고 밟으면서 파도처럼 공격을 퍼부었다.

하지만 옥령을 비롯한 9명이 형성하고 있는 벽을 뚫지도 넘지도 못했다.

요족들은 옥령 등 9명의 근처에도 이르지 못하고 추수철의 벼처럼 허무하게 스러져 갔다.

"총을 쏴라!"

요족들의 선두에서 바우만 한 명이 악을 쓰면서 전방의 9명을 향해 손을 뻗었다.

비비이잇~!

그러자 그의 손에서 초록과 금색의 두 가지 색이 섞인 레오누루파가 발출되었다.

외방계의 북쪽 사막에 '빛의 호수'가 있는데 그곳에서 레오누루를 습득한 자가 바우만이 된다.

레오누루파는 요족어 루그하로 '공포의 빛'이라는 뜻이며 현 세계에서는 '에테르'라고 부르는데 거기에 맞으면 검게 타버린다.

옥령과 태청 등은 바우만의 뜻하지 않은 공격에 흠칫했으나 검을 휘둘러 레오누루파를 퉁겨냈다.

째째쟁!

그런데 퉁겨진 레오누루파에 요족들이 맞아서 비명을 지르며 나뒹굴었다.

또한 레오누루파를 퉁겨낸 도검은 시커멓게 그을렸다.

투타타타탕!

그때 요란한 총소리가 터졌다.

수백 발의 총탄이 옥령 등 9명에게 빗발치듯 퍼부어졌다.

옥령 등은 요족어 루그하를 모르기 때문에 조금 전에 바우
만이 '총을 쏘라'고 한 명령을 알아듣지 못했다.

요족들은 총탄이 퉁겨져서 동료들이 죽게 되는 것을 무시
하고 있다.

동료들이 죽더라도 침입자들만 죽이면 된다는 뜻이었다.

옥령 등이 무림 최강 고수이긴 하지만 총 앞에서는 긴장할
수밖에 없다.

그때 옥령 등에게 강도의 생각이 전달됐다.

"호신막을 쳤다."

우두두투투퉁!

다음 순간 수백 발의 총탄이 옥령 등의 1m 앞에서 모조리
퉁겨졌다.

옥령 등은 수백 발의 총탄들이 보이지 않는 무형막에 부딪
쳤다가 퉁겨지는 장관을 눈앞에서 생생하게 목격했다.

그러고는 그 총탄들이 선두에서 공격해 오던 요족들 몸에
무수히 틀어박혔다.

퍼퍼퍼퍼퍽!

"커흑!"

"왁!"

단지 그것으로만 30명 이상의 요족이 거꾸러졌다.

강도는 옥령 등의 앞에 호신막을 쳐주고는 자신의 앞에 멀뚱거리며 앉아 있는 쿠카이에게 말했다.

"너는 어느 부족의 쿠카이냐?"

쿠카이는 흠칫 놀라면서 눈을 크게 떴다. 낯선 현 세계 인간이 요족어 루그하를 유창하게 구사하기 때문이다.

"여기에서 마계와 만나기로 했느냐?"

"너는……."

쿠카이는 눈을 부릅떴다. 세모꼴의 고양이 눈동자가 크게 확장됐다가 작아지기를 반복했다.

"으음!"

쿠카이는 갑자기 몸을 후드득 떨면서 앉은 채 상체를 쭉 펴며 힘을 주었다.

투둑… 툭…….

그러자 몸에서 줄 끊어지는 듯한 소리가 연이어 들렸다.

그러더니 천천히 일어섰다.

키가 큰 강도보다 50㎝ 정도 더 큰 체구의 쿠카이는 강도를 굽어보면서 중얼거렸다.

"너는 보통 중가가 아니구나."

강도는 조금 전에 초절신강 지공을 여러 줄기 발출해서 쿠카이의 근육을 마비시켰다.

혈도를 점하는 것보다 훨씬 더 고단수인데도 쿠카이는 어렵지 않게 그걸 풀었다.

그걸 보면 쿠카이의 능력은 강도가 예상한 것보다 월등한 것 같았다.

쿠카이는 고양이 눈으로 강도의 눈을 똑바로 주시했다.

"이번에는 내가 묻겠다. 너는 누구냐?"

강도는 쿠카이의 눈과 자신의 눈 사이에 안개 같은 것이 부옇게 이는 것을 느꼈다.

'요안(妖眼)이로군.'

무림에도 이와 비슷한 수법이 있다. 눈빛으로 상대의 심지를 제압하는 사술이다.

강도는 흐릿한 미소를 지었다.

"나는 뭄바의 남편이다."

"어……."

쿠카이는 고양이 눈을 깜빡거렸다. 그는 강도의 대답을 순간적으로 이해하지 못했다.

뭄바는 페르다우의 신이다. 그런 그녀에게 남편이 있다는 말은 들어본 적이 없다.

쿠카이는 무림의 요안과 비슷한 자신의 애스(Ass)에 강도가 제압되어 묻는 말에 똑바로 대답을 했을 것이라고 믿었다.

쿠카이는 '뭄바의 남편'이 누군지는 모르지만 최소한 뭄바와 동격 즉, 디오나 이슈텐 중에 하나일 거라고 추측하고 저도 모르게 극도로 긴장했다.

"너는……."

강도는 건조한 목소리로 말했다.

"디오라고 하지."

"……"

쿠카이의 고양이 눈이 더할 수 없이 커지더니 주춤하고 뒤로 두 걸음 물러나다가 의자에 걸렸다.

그 순간 쿠카이의 몸에서 어떤 보이지 않는 강력한 기운이 뿜어졌다.

즈으음…….

분쟈(Vunja)라고 하는 쿠카이만의 초능력이다. 분쟈는 표적을 가루로 부수는 힘을 지니고 있었다.

그러나 강도가 슬쩍 손을 젓자 쇄도하던 분쟈가 그 즉시 소멸해 버렸다.

"흐으……."

쿠카이는 움찔 놀라서 재차 분쟈를 발출했지만 이번에도 강도의 손짓 한 번에 스러져 버렸다.

강도가 천천히 걸어오자 쿠카이는 뒤로 물러나면서 연속적으로 분쟈를 뿜어냈다.

즈으음… 즈음……

쇠도 찢을 만큼 강력한 분쟈는 발출하는 족족 소멸됐다.

"끄헝!"

순간 쿠카이는 갑자기 맹수 같은 포효를 터뜨리며 강도를 향해 덤벼들더니 두 팔을 휘둘렀다.

처컹!

그의 손끝에서 길쭉한 칼날 두 개가 뻗어지고는 강도의 상체를 맹렬하게 그어댔다.

파아앗!

"흐윽……!"

그러나 쿠카이는 두 팔이 싹둑 잘라지자 고통스러운 신음을 뱉으면서 비틀거렸다.

근처에 쓰러져 있는 의자가 저절로 움직여서 물러나고 있는 쿠카이 뒤에 세워지자 그는 거기에 털썩 주저앉았다.

강도는 쿠카이에게 더 묻지 않기로 했다. 굳이 그럴 필요 없이 그의 머릿속을 스캔하면 된다.

쿠카이는 눈을 껌뻑거리면서 강도를 쳐다볼 뿐 아무 행동도 취하지 않았다.

상대가 디오라는 사실을 비싼 대가를 치르고서 뒤늦게 확

인했기 때문이다.

죽음이 두려운 것이 아니라 디오를 공격하는 일이 무의미하다는 사실을 깨달았다.

강도는 쿠카이의 뇌리를 스캔한 결과 크게 세 가지를 알아낼 수 있었다.

이곳이 마계 서부제2전진섹헤이며 이곳에서 마계와 요계가 접선하기로 했다는 것.

이곳 외에도 5군데에 섹헤이가 더 있으며 그곳들 모두 다른 쿠카이들이 지휘하고 있다는 것.

일루미나티가 마계와 요계를 총지휘하고 있다는 것 등이다.

이곳을 지휘하는 쿠카이는 자신이 4번째 서열의 4쿠카이이며 지와(Ziwa)족의 대족장 횬자(Fyonza)라고 했다.

쿠카이 횬자는 다른 5군데 섹헤이 위치에 대해서는 알고 있는 게 없었다.

그리고 일루미나티에 대한 구체적인 내용도 알지 못했다.

다만 일루미나티가 마계와 요계를 연합시켰으며, 같이 현 세계를 공격하고 점령하여 장차 현 세계를 나누어서 지배하기로 했다는 정도만 알고 있었다.

그리고 중요한 일이 하나 남았다.

쿠카이 횬자가 항복을 하지 않았다는 것이다.

횬자는 강도에게 완전히 제압되어 두 팔은 물론이고 두 다리까지 잘라졌는데도 절대로 항복하지 않고 오히려 어서 죽이라고 큰소리를 떵떵 쳤다.

결국 강도는 혼자를 죽일 수밖에 없었으며, 그곳 서부제2전진섹헤이에 있는 3,700여 명의 요족들까지도 모두 죽여야만 했다.

처음에는 강도를 비롯한 옥령과 태청 등 10명이 요족들과 싸웠지만 엘리베이터를 타고 강도의 수하들이 10명씩 속속 내려와 싸움에 가담했다.

요족들은 32명의 바우만 이하 카카라음투, 탐바찌음투, 우슈자들로 구성된 용맹한 용사들이지만 날고 기는 무림 고수들의 상대가 되지 못했다.

강도는 무림 고수 1,000명을 불렀으나 그들이 채 300명도 내려오기 전에 서부제2전진섹헤이의 싸움은 끝났다.

혼자와 32명의 바우만을 비롯한 3,700여 명의 요족은 마지막 한 명까지 처절하게 싸우다가 모두 장렬한 죽음을 맞이했다.

강도 수하들도 피해가 있었다.

총본 수하들은 다들 무사한데 엊그제 무림에서 막 도착한 고수들 중에서 4명이 죽고 8명이 중상을 당했다.

그들 12명은 모두 요족의 총에 맞는 불운을 겪었다.

총이 없는 무림에서 온 그들은 세상에 그렇게 빠른 무기가 있다는 사실을 처음 알게 되었다.

대승을 거두었지만 강도의 마음은 왠지 편하지 않았다.

수하 4명이 죽고 8명이 중상을 입은 것도 그렇지만 요족을 3,700여 명이나 몰살시켰다는 사실이 마음을 무겁게 했다.

그렇지만 어쩔 수 없는 일이었다.


강도는 수하들에게 서부제2전진섹헤이 주변을 샅샅이 수색하라고 명령했다.

혼자가 이끄는 지와족과 이곳에서 접선하기로 한 마족이 불원간에 도착할 것이기 때문에 그들이 오게 될 통로를 미리 확보하려 했다.

마계는 외방계 페르다우에서 현 세계로 나오는 차원 통로가 닫혔다는 사실을 모르고 있을 것이다.

알고 있다면 모든 계획을 취소하거나 변경하고 지금보다 더 깊은 곳으로 숨어들 것이다.

그러기 전에 놈들의 위치를 찾아내서 소탕해야 한다는 것이 강도의 생각이다.

강도는 지하 광장 한쪽에서 흐르는 지하 냇물 가장자리의 바위에 앉아 있고 옥령만 그 곁에 서 있었다.

태청이 이끄는 질풍대원들이 지하 광장 주변을 경계하고 있으며, 다른 고수들은 사방으로 흩어져서 다른 곳으로의 통로를 찾고 있다.

강도는 아까부터 냇물에 시선을 고정시킨 채 무언가 깊은 생각에 잠겨 있는 모습이다.

옥령은 그런 강도를 지켜보았다.

무림 신군성에 있을 때 옥령은 강도에 대해서 거의 모든 것을 알고 있었다.

그런데 현 세계에 와서는 강도에 대해서 도무지 아는 것이 없는 것 같다.

그가 옥령이 알고 있는 절대신군이 맞는지조차도 의심스러울 정도다.

옥령이 보기에 그는 절대신군이 분명한데도 그가 삼신의 하나인 디오라고 말하니까 반신반의하는 심정이었다.

그리고 그가 보여주는 능력은 신이 아니면 행할 수 없는 것들이다.

그러므로 그는 신 디오가 분명하다.

그래서 옥령은 그가 자꾸 멀게만 여겨지는 것을 어쩔 수가 없다.

옥령은 인간 절대신군이 그리웠다.

"옥령."

그때 강도가 중얼거리듯이 조용히 그녀를 불렀다.

"네."

강도는 수하들을 기다리면서 복잡한 생각에 잠겼는데 결론

을 내리지 못하고 그냥 지나가는 말처럼 옥령에게 물어보려고
했다.

"우리끼리 마계와 요계를 물리칠 수 있을까?"

"우리끼리라는 건 무슨 뜻이죠?"

강도는 냇물에 시선을 고정시킨 채 말했다.

"디오 없이 순전히 인간인 우리끼리 말이야."

옥령은 강도가 왜 그런 것을 묻는지 궁금했다.

"마계와 요계는 이슈텐과 뭄바가 있는 상황인가요?"

"일루미나티가 있어."

"그건……"

"내 생각에 뭄바의 부속인 말라이카와 에찌, 그리고 이슈텐
의 외런절과 민덴허토샤크가 일루미나티인 것 같아."

그런 사실을 처음 알게 된 옥령은 무척 놀랐다.

"그런데 우린 디오 없이 순전히 우리 힘만으로 그들과 싸운
다는 건가요?"

"그래."

"주군이 예전 절대신군이었을 때 능력만으로 말이죠?"

"응."

옥령은 생각해 보지도 않고 고개를 가로저었다.

"무리예요. 절대로 마계와 요계, 아니, 일루미나티를 이길
수 없어요."

강도의 표정이 씁쓸해졌다.

"그렇겠지?"

"왜 그런 말씀을 하시는 건가요?"

옥령은 강도의 우울한 얼굴을 보면서 뭔가 심상치 않음을 감지했다.

"디오가 떠난다는 건가요?"

"그러려고 해."

옥령은 애매한 표정을 지었다.

"주군이 곧 디오라고 말씀하셨잖아요? 그럼 주군이 떠난다는 건가요?"

"아니, 디오만 떠나는 거지."

"무슨 말씀이신지……."

강도는 지금 상황을 옥령의 뇌리에 통째로 심어주었다.

옥령은 갑자기 훅! 하고 머리에 가득 찬 새로운 사실 때문에 놀라서 눈을 휘둥그렇게 떴다.

"아……."

강도는 현재 상황 즉, 디오와 뭄바 파라마누의 애정 관계와 파라마누가 외방계 페르다우에서 처한 입장, 디오가 파라마누와 함께 헤이든으로 돌아가고 싶어 하는 것들을 소상하게 알려주었다.

옥령은 그것들을 인식하고 또 이해하느라 10분 이상의 시간이 소요됐다.

"하아… 그렇게 됐군요."

그녀는 놀라움을 간신히 가라앉히면서 강도를 바라보았다.

"주군께서, 아니, 디오가 일루미나티를 해결해 준다면 마계와 요계하고 해볼 만하죠."

옥령은 조심스럽게 물었다.

"디오와 함께 주군도 가시는 건 아니겠죠?"

강도는 씁쓸하게 웃었다.

"디오만 가야지."

옥령은 의심스러운 눈빛을 보냈다.

"설마 파라마누를 사랑하는 건가요?"

"당연히 사랑하지."

"아니, 주군이 말이에요."

"그래. 내가 파라마누를 사랑하지 누가 그녀를 사랑하겠어?"

옥령은 어이없는 표정을 지었다.

"주군께선 신후를 사랑하시는 게 아닌가요?"

"신후?"

옥령은 강도의 애매한 표정을 보고는 그의 앞으로 바싹 다가서서 따지고 들었다.

"뭐예요? 설마 신후를 잊기라도 했나요?"

"나는……."

강도의 얼굴이 흐려졌다.

만약 그의 속에 강도와 디오라는 존재가 각각 따로 있다면 디오는 파라마누를 사랑하고 강도는 유빈을 사랑하면 그것으로 오케이다.

하지만 그는 디오이면서 또한 강도다. 그렇기 때문에 두 여자를 동시에 똑같은 크기로 사랑할 수 없었다.

옥령은 어이없는 얼굴로 강도를 주시하다가 두 손으로 그의 뺨을 잡고 부드러운 표정을 지었다.

"파라마누를 사랑하기 때문인가요?"

강도는 고개를 끄떡였다.

"그래."

"신후보다 파라마누를 더 사랑하나요?"

"응."

강도는 그렇게 대답하면서도 괴로운 표정조차 짓지 않았다.

옥령은 안타까운 표정을 지었다.

"어떻게 그럴 수가 있죠?"

강도는 담담하게 대답했다.

"디오가 떠나면 다시 예전처럼 유빈을 사랑하게 될 거야."

"제발 그래야 할 텐데요."

옥령은 강도의 얼굴을 가슴에 안고 뒷머리를 부드럽게 쓰다듬었다.

"지금 제일 힘든 분은 주군이실 테죠. 부디 힘내세요."

지금 옥령은 강도의 수하가 아니라 이모 같은 존재다.

강도는 그녀의 가슴에 얼굴을 묻고 가만히 허리를 안았다.

"고마워, 옥 이모."


지하 광장을 수색하던 고수들이 한 시간 후에 집결했다.

고수들의 보고를 종합한 결과 이 지하 광장은 남북 6km, 동서 4km로 꽤 넓은 편이다.

여기저기 지하 호수와 지하 물줄기들이 있으며 마족이나 요족은 발견하지 못했다.

다들 별다른 소득이 없는데 한쪽 방향으로 갔던 한 팀이 흥미로운 보고를 했다.

"길을 발견했습니다."

그 팀은 지하 광장의 동쪽 끝에서 하나의 동굴을 발견했으며, 그곳으로 5km쯤 갔다가 돌아왔다고 했다.

"자연적으로 형성된 것 같았는데 4km 지점부터는 인공적으로 판 지하 통로가 분명합니다."

옥령이 물었다.

"마족이나 요족은 발견하지 못했느냐?"

"보지 못했습니다."

강도는 손을 들었다.

"됐다."

이곳 지하 광장에 모여서 대기하고 있던 쿠카이 혼자의 지와족 3,700여 명은 일부분에 불과할 것이다.

요계 7개 부족 중에서 수가 가장 적은 마오지토족이 150만 명이고, 다른 6개 부족은 평균 1,400만 명이라고 했다.

1,400만 중에서 부녀자와 노약자를 제외한 젊은 남자 용사는 못해도 최소 200~300만은 될 것이다.

그렇게 봤을 때 혼자의 지와족 3,700여 명은 선발대라고 할 수 있다.

대족장 쿠카이 혼자가 이곳에 있었다는 것이 그 증거다.

이곳은 지와족 용사 200~300만 명을 수용하기에는 턱없이 부족하다.

그렇다면 쿠카이 혼자는 선발대 인원이 어느 정도 차면 다른 장소로 이동하려고 했을 것이다.

또한 페르다우에서 현 세계에 나온 것이 지와족이 첫 번째가 아닐 것이 분명하다.

지와족 이전에 하나 혹은 두 개의 부족 용사들 전체가 나왔다면 그 수만 해도 400~600만이다.

한 부족의 용사 전체가 아니라 1할이라고 해도 40~60만이며, 그 수는 더 많으면 많았지 절대 적지 않을 것이다.

강도가 페르다우에서 현 세계로 이르는 차원 통로를 닫았다고는 하지만 그전에 현 세계에 와 있었을 요족 용사 '음피가 나지'들이 분명히 지하 어딘가에 도사리고 있을 것이다.

그러므로 반드시 그 무리를 찾아야만 한다.


강도를 비롯한 옥령과 태청 등 100명의 고수는 긴 지하 통로 끝에서 정지했다.

강도 등은 쿠카이 혼자의 지와족 선발대를 전멸시켰던 지하 광장 서부제2전진섹헤이에서 지하 통로를 따라 동남쪽으로 75㎞쯤 왔다.

강도는 전방에 나타난 광경을 보고 자신도 모르게 움찔했다.

그의 눈앞에는 놀라운 광경이 나타나 있었다.

그들이 멈춘 곳은 지하 통로가 끝나는 곳이다.

그리고 그들의 전방에는 엄청나게 넓은 지하 광장이 펼쳐져 있었다.

지하 광장 곳곳에 불이 환하게 밝혀져 있는데 강도 등이 있는 곳에서는 지하 광장의 맞은편 끝이 보이지 않았다.

지난번에 강도가 마족 하롬을 미행했다가 마쇼디크와 민덴 허토샤크 등과 싸웠던 켈레트섹헤이 즉, 마계 동방본부섹헤이도 어마어마한 크기였지만 여긴 거기보다 더 거대한 것 같았다.

아니, 강도가 있는 곳에서는 지하 광장의 끝이 보이지 않아 이곳이 동방본부섹헤이보다 큰지 어떤지는 자세히 모르겠지만, 이곳의 규모는 확실히 동방본부섹헤이에 비할 바가 아닐 정도로 어마어마했다.

지하 광장에는 동일한 크기의 군막이 수천 개가 질서 정연하게 늘어서 있다.

아니, 군막이 수천 개일지 수만 개일지 강도가 있는 곳에서는 알 수가 없다.

지하 통로가 끝나는 곳에서 가장 가까운 군막은 40m 거리이고, 지하 통로 입구를 지키는 마족이나 요족은 없다.

여기에서는 저쪽 서부제2전진섹헤이에서 무슨 일이 있었는지 모르고 있는 것이 분명하다.

알고 있다면 이처럼 느긋할 리가 없다.

강도는 잠시 생각하다가 옥령을 쳐다보았다.

"나하고 같이 저 속으로 들어가서 살펴보자."

"그래요."

강도는 태청에게 지시했다.

"너희는 500m 후방에 물러나서 은신해라."

"명을 받듭니다."

태청과 고수들은 소리 없이 지하 통로 안으로 사라져 갔다.

이곳에서 500m 안쪽에는 통로 한쪽에 안으로 움푹 들어간 천연적인 너른 공간이 있다. 강도는 태청 등에게 그곳에 은신해 있으라고 지시했다.

강도와 옥령은 둘 다 요족 6위 카카라음투로 변신했다.

옥령은 여자지만 그녀를 요족 남자로 변신시키는 것은 강도에겐 간단한 일이다.

두 사람은 현 세계 옷을 입고 있기 때문에 옥령이 은밀하게 군막에 접근하여 카카라음투 두 명을 때려눕히고 강도가 있는 곳으로 끌고 왔다.

두 사람은 죽은 카카라음투 두 명의 옷을 벗겨서 갈아입고 시체는 은밀하게 감추었다.

"가자."

강도는 말과 함께 태연히 군막으로 접근했다.


강도와 옥령은 은밀하게 그러나 최대한 태연하게 군막들 사이를 지나쳐 지하 광장의 끝까지 왔다.

그곳은 강이 유유히 흐르고 있으며 강폭이 무려 100m에 이를 정도로 거대했다.

그 강이 지하 광장의 끝이다.

강도가 나왔던 지하 통로에서 이곳까지의 거리는 자그마치 7㎞에 달했다. 그건 지하 광장의 폭이 7㎞라는 뜻이다.

지하 광장의 지하 통로 쪽에 있는 군막에는 요족들이, 그리고 강 쪽에는 마족들이 있었다.

요족의 군막은 붉은색이고 마족 것은 청색이라서 쉽게 식

별할 수 있다.

여기까지 오면서 대충 세어본 군막의 수는 15,000개 정도였고, 하나의 군막에 대략 40명 정도 있는 것으로 계산을 하면 도합 무려 60만 명이다.

요족의 군막이 12,000개로 압도적으로 많았으며 마족의 군막은 강 쪽에 인접해서 3,000개 정도가 밀집해 있었다.

요족의 군막이 12,000개면 약 48만 명이다.

강도의 추측으로는 적어도 요계 2개 대부족의 용사 음피가 나지들이 온 것 같다.

그런데 놀랍게도 지하 광장이 끝나는 곳 강가에는 부두가 자리를 잡고 있었다.

현 세계의 어느 항구이 부두와 비교해도 뒤지지 않을 정도의 크기이자 규모였다.

그리고 거기에는 수백 척의 배가 정박해 있었다.

아니, 강도와 옥령이 지켜보고 있는 중에도 강의 상류 쪽에서 계속해서 배들이 줄지어 흘러오고 있는 중이다.

부두는 포화 상태라서 배들은 부두를 지나쳐서 강가에 여러 겹으로 포개어 정박했다.

배의 모습은 매우 특이했다. 폭은 3m 남짓인데 반해 길이가 20m나 됐다.

강도가 언젠가 사진에서 본 적이 있는 영국 런던의 좁은 운하를 느릿하게 다니는 수상 가옥 겸 길쭉한 전통 배 내로우보트처럼 생겼다.

또한 배의 앞뒤 1m씩을 제외하고는 배 전체가 벽과 지붕으로 덮여 있는데 지금 정박하고 있는 한 척의 배에서 마족이 무려 100여 명이나 내렸다.

동력 장치는 배 양쪽에 작은 물레방아 같은 것이 대여섯 개 붙어 있으며 그것들이 회전을 하는데 매우 빠른 속도라서 강도를 조금 놀라게 했다.

부두에서 조금 떨어진 강 하류 쪽에는 그 배들을 옆으로 다닥다닥 붙여서 강 건너까지 연결하여 일종의 부교(浮橋)를 만들어 배들의 지붕으로 마족들이 걸어서 강 건너 쪽으로 왕래하고 있었다.

옥령은 강도가 부교로 걸어가는 것을 보고 얼른 뒤쫓았다.

배들을 옆으로 붙였기 때문에 부교의 폭은 20m에 달하여 수십 명이 오가는 데도 전혀 불편하지 않았다.

강도는 강 건너에 무엇이 있을지 몹시 궁금했다.

그와 옥령은 요족 카카라음투의 모습으로 부교의 오른쪽에서 나란히 강 건너를 향했다.

두 사람은 마족들 속에 섞여 있으면서도 자신들이 요족 모습이라는 사실을 인지하지 못하고 있었다.

강도의 시선은 아까부터 강 건너 약간 상류 쪽에 고정되어 있다.

그곳에는 부두가 있으며 언뜻 봐도 강 이쪽에 비해서 3배 이상 큰 규모다.

강이 굽어 있어서 부두가 보이지 않았다. 그곳에는 강 이쪽보다 더 많은 배가 정박해 있었다.

'강 건너에도 마족이 있다는 건가?'

강도는 자신의 불길한 예감이 맞지 않기를 바랐다.

[주군.]

그때 옥령의 나직한 전음이 들렸다.

강도가 부두에서 시선을 거두어 쳐다보니까 맞은편에서 걸어오고 있는 몇 명의 마족들이 수상하다는 얼굴로 강도와 옥령을 쳐다보고 있는 게 눈에 띄었다.

강도와 옥령이 요족 카카라음투의 모습으로 부교를 건너고 있으니까 마족이 이상하게 보는 것은 당연하다.

마침 3명의 마족이 강도와 옥령을 향해 다가오기 시작했다.

[어떡하죠?]

[강 쪽으로 얼굴 돌려.]

옥령은 급히 강 쪽으로 얼굴을 돌리고 여차하는 순간 다가오는 마족들을 죽이려고 준비를 했다.

다가오고 있는 3명의 마족은 귀부 2명에 귀매 한 명이다.

그들 중에 한 명이 왼쪽에서 걷고 있는 옥령의 어깨로 손을 뻗어 잡으며 멈추게 했다.

"이봐, 멈춰."

옥령은 마땅한 변명거리도 없을뿐더러 마족이나 요족어를 모르기 때문에 그저 고개를 돌려서 쳐다보기만 했다.

그런데 그녀의 얼굴을 발견한 3명의 마족은 깜짝 놀라면서 그 즉시 허리를 굽혔다.

"키세르테르(Kísértet:도깨비)! 죄송합니다."

옥령은 흠칫했으나 강도가 순간적으로 자신의 얼굴을 바꿨을 것이라고 생각했다.

사실 강도는 강을 쳐다보는 짧은 순간에 자신과 옥령의 모습을 바꾸었다.

두 사람은 마계 6위 키세르테르로 변신했다. 현 세계에서는 그를 야도라고 부른다.

"무슨 일이냐?"

강도는 유창한 마족어로 꾸짖듯이 물었다.

강도의 꾸지람에 3명의 귀부와 귀매 즉, 마계 8위 허르초시(Harcos:용감한 남자)와 헤르초스(Hearcis:용감한 여자)는 허리를 굽실거렸다.

"요족인 줄 알고… 잘못했습니다. 용서하십시오."

강도는 꺼지라는 식으로 손을 휘젓고는 갈 길을 걸어갔다.

당황한 탓에 옥령이 조금 머뭇거리다가 급히 강도 뒤를 뛰

듯이 쫓아갔다.

"언제 변신시켰어요? 대단해요 정말……."

강도와 옥령은 강을 건너자마자 가장 가까운 군막에 잠입해서 마족의 옷으로 갈아입었다.


강도의 불길한 예상이 들어맞았다.

강 건너에도 군막들이 가득 들어차 있는데 거긴 마족들이 득실거렸다.

그곳 광장에는 거미줄처럼 냇물들이 강 쪽으로 흐르고 있으며 냇물 주위에 군막들이 줄지어 늘어서 있다.

이곳의 군막 수는 6,000개 정도다. 요족보다는 적지만 그쪽의 3,000개를 더하면 9,000개다. 그럼 마족이 약 36만 명이라는 것이다.

요족 48만에 마족 36만을 더하면 84만. 어마어마한 수다.

'이놈들 여기에서 서울 시내에 화산 폭발과 대지진, 그리고 해일을 일으키길 기다리고 있는 것이로군.'

강도는 어느 냇물 옆에 잠시 멈춰서 군막들을 둘러보며 속으로 중얼거렸다.

강도가 무림에서 고수들을 이끌고 시간 이동을 해서 현 세계로 돌아왔을 때 오차가 생겨서 한 달 후에 도착했을 때 서울 시내는 화산 폭발과 대지진, 그리고 엄청난 해일로 폐허가

된 상황이었다.

그러니까 계산을 해보면 여기에 있는 마족, 요족 84만 명은 서울 시내가 초토화된 직후에 지상으로 쏟아져 나가서 순식간에 대한민국을 접수하는 점령군 역할을 하게 될 것이다.

'그렇다면 여기에서 멀지 않은 곳에서 서울에 화산 폭발과 대지진을 일으킬 어떤 장소가 있을 것이다.'

그때 무슨 소리가 들렸다.

"거기 너."

강도는 자신을 부르는 소리라 여기고 즉시 목소리가 들려온 곳을 쳐다보았다.

강도에게서 20m쯤 떨어진 냇물 상류 쪽에 커다랗고 근사한 군막이 하나 있는데 그 입구에 서 있는 자가 강도와 옥령을 손으로 가리키고 있었다.

"이리 와라."

강도는 그를 보고 슬쩍 미간을 찌푸렸다.

'페헤르.'

마계의 67개 영지를 각각 지배하는 마족이 페헤르외르데그이며 현 세계에서는 백색 악마라고 부른다.

온몸을 두터운 검은 천으로 감싼 모습인데 완전한 사람의 형상을 하고 있다.

뿐만 아니라 얼굴이 분칠을 한 것처럼 희다. 현 세계 서양 .

의 백인 중에서도 저처럼 얼굴이 창백하리만큼 흰 백인은 드물 것이다.

또한 용모가 남자인지 여자인지 구별이 가지 않을 만큼 준수하고 아름다운 것이 페헤르외르데그의 특징이다.

그래서 페헤르외르데그는 전혀 마족처럼 보이지 않았다. 오히려 서양의 유명한 영화배우 같았다.

또한 근처에 가기만 해도 한기가 풍겨져서 마치 냉동실 문을 연 것처럼 추위가 느껴졌다.

그런데 저자는 그냥 페헤르외르데그가 아니다.

'저놈 외퇴시(ötös : 제5영주)다.'

강도는 얼마 전에 저자를 본 적이 있었다.

하롬의 형 마쇼디크와 싸울 때 일이다. 그때 마쇼디크는 바로 저 페헤르외르데그에게 동방본부섹헤이의 전권을 위임했던 적이 있었다.

저자의 이름이 외퇴시이고 유럽 중세 시대의 작위로 치면 백작이다.

페헤르외르데그는 제1영주부터 제67영주까지 있으며 제1영주가 가장 높고 제67영주의 지위가 낮다고 한다.

강도는 페헤르외르데그 외퇴시의 부름을 받고 조금 당황했으나 즉시 그에게 달려갔다. 우물거리다가는 의심을 살 것이기 때문이다.

그러면서 그는 재빨리 주변을 둘러보다가 50m쯤 거리에 서 있는 한 마족의 머리를 재빨리 스캔했다.

외퇴시가 어떻게 나올지 모르니까 사전에 마군에 대한 정보가 필요했다.

강도와 옥령은 외퇴시 앞에 나란히 섰다.

"부르셨습니까?"

강도는 유창한 마족어로 말하면서 재빨리 주위를 살폈다.

외퇴시 주위에는 마계 4위 빌람과 5위 렐레크부바르 10여 명이 진을 치고 있었다.

외퇴시 정도 지위라면 이곳 섹헤이의 총지휘자라고 해도 이상하지 않다.

한마디로 강도와 옥령은 적의 심장부 한복판에 서 있게 된 것이다.

"어디 소속이냐?"

"제26사저드(Század:중대)입니다."

강도는 조금 전에 스캔한 마족의 소속을 댔다.

강도와 옥령이 변신한 야도 키세르테르는 마군의 중대장이며 사저드퍼런치노크(Századparancsnok), 줄여서 사노크라고 부른다.

"너……."

그런데 그때 외퇴시 오른쪽에 서 있는 렐레크부바르 중에 한 명이 강도를 가리키면서 무슨 말인가 하려고 했다.

강도는 재빨리 그의 정신을 제압하고 조종했다.

외퇴시가 그를 돌아보며 물었다.

"왜 그러느냐?"

제26중대를 포함한 대대를 지휘하고 있는 대대장인 렐레크부바르는 강도 같은 얼굴을 본 적이 없다고 말하려다가 강도에게 정신이 제압되어 딴소리를 했다.

"제가 저 중대장에게 심부름을 시켰습니다."

외퇴시는 렐레크부바르의 말을 무시하고 강도와 옥령에게 명령했다.

"너, 페르다우 쿠카이에게 가서 내 막사에서 나하고 같이 술을 마시자고 전해라."

강도는 정중하게 허리를 굽혔다.

"알겠습니다."

"가라."

강도와 옥령은 공손히 그 자리를 물러났다.

옥령이 궁금한 얼굴로 물었다.

[저놈이 뭐래요?]

[페르다우 쿠카이에게 자기랑 같이 술 마시자고 전하래.]

[허어······.]

옥령은 어이없는 표정을 지었다.

그때 대대장인 렐레크부바르가 강도를 따라왔다.

"따라와라."

강도는 대대장이 군막으로 자신들을 데리고 가서 복장을 갖춰주려는 의도를 알아차렸다.

요족 최고 우두머리에게 마족 최고 우두머리의 말씀을 전하러 가기 때문에 되도록 예절을 갖추려는 것이다.

강도로서는 이게 기회라고 할 수 있었다.


강도에게 정신이 제압된 대대장 렐레크부바르의 생각을 읽은 바에 의하면 현재 이곳 마족은 42만 명이다.

강도는 36만이라고 계산했는데 그보다 6만이나 더 많은 대군이다.

군막의 수를 잘못 계산한 게 아니라 한 군막에 기거하는 사람의 수를 조금 적게 잡은 것 같다.

그렇다면 48만으로 계산했던 요족 요군도 50만 이상으로 훌쩍 불어날 수 있다.

대대장 렐레크부바르는 이곳 마군 총지휘관이 조금 전에 강도에게 명령을 내렸던 페헤르외르데그 외퇴시이며, 그의 성격이 매우 즉흥적이고 호전적이라고 생각하고 있었다.

그렇기 때문에 따로 자신의 전령이나 부관을 시키지 않고 마침 그곳을 지나가고 있는 강도와 옥령을 불러서 즉흥적으로 명령을 내렸던 것이다.


　강도와 옥령은 마족 6위 키세르테르의 모습에 위아래 제법 멋들어진 푸른 제복에 모자까지 쓰고 요족들의 군막 한가운데를 성큼성큼 걸어갔다.

　강도 앞에는 요군에서 통역으로 나온 요족 여자 마계 3위 우쭈리가 걸어가고 있다.

　강도는 지하에 들어와서 요족 여자를 한 명도 보지 못했었지만 사실 요군의 고위급은 여자들이 차지하고 있다.

　요계 1위 드빌—쿠카이, 2위 바우만은 남자지만, 3위는 우쭈리, 4위 말라칼, 5위 카펨부아는 여자다. 그리고 그 아래 급이 남자 즉, 용사인 음피가나지들이다.

　그러니까 요군의 고위급 장교들은 모두 여자인 셈이다.

　또한 요족 우쭈리와 말라칼, 카펨부아는 대단한 미인들이다.

　음브웨가 우쭈리고 그녀의 여동생 얏코가 말라칼인 것만 봐도 잘 알 수 있다.

　앞선 우쭈리는 강도와 옥령이 가보지 않았던 곳으로 두 사람을 안내하고 있다.

　나중에 안 사실이지만 요군이 주둔하고 있는 지하 광장은 길이 7.5km, 폭 5.5km의 광대한 넓이였다.

　아까 강도와 옥령이 요군 지하 광장의 정중앙을 똑바로 지

나왔지만 그래봐야 주마간산이다. 그것으로는 전체의 일 할
도 채 보지 못했다.

통역 우쭈리가 강도와 옥령을 안내한 곳은 지금까지와는
경치가 전혀 다른 지역이다.

넓은 지하 호수가 위치해 있는 호숫가 야트막한 언덕 위에
커다란 불길이 활활 타오르고 있는 곳에 붉은색의 거대한 군
막이 자리를 잡고 있었다.

우쭈리는 그 군막으로 가고 있었다.

강도는 우쭈리를 따라가면서 그녀의 머리를 스캔하여 웬만
한 정보들은 거의 습득했다.

그녀는 일개 통역이 아니라 이곳 요군의 총사령관인 제2쿠
카이의 참모 중에 한 명이었다.

그런데 그녀는 거대한 붉은색 군막 옆에 있는 역시 붉은색
이지만 보통 크기의 군막 안으로 강도와 옥령을 데리고 들어
갔다.

그 군막 안에는 10여 개의 잠자리가 중앙에 두 줄로 길게
늘어서 있으며, 생활하는 데 불편하지 않을 웬만한 것들이 다
갖추어져 있었다.

그리고 5명의 요족 여자가 있었는데 전부 카펨부아이며 붉
은색의 유니폼을 입고 있었다.

참모인 우쭈리가 강도와 옥령에게 마족어로 냉정한 얼굴을

한 채 말했다.

"당신들의 몸을 수색해야겠어요."

총사령관 제2쿠카이를 알현하는 자리이기 때문에 몸수색을 한다는 것이다.

지금껏 입을 다물고 있던 강도는 몸을 수색하겠다는 말에 냉랭하게 대꾸했다.

"나는 쾰드빌라그 총사령관의 칙사요."

그의 유창한 루그하에 우쭈리는 흠칫 놀랐다.

"칙사를 몸수색한다는 것은 우리 쾰드빌라그를 모욕하는 것이오."

그가 이러는 것은 다른 뜻이 있어서가 아니라 순전히 기분이 좀 뒤틀렸기 때문이다.

느닷없이 몸수색을 하겠다는 우쭈리의 행동이 아주 못마땅했다.

그래도 우쭈리는 물러서지 않고 냉정하고 고압적인 표정을 유지했다.

"우리 쿠카이 전하의 안전은 어느 무엇보다 중요해요. 당신들이 쿠카이 전하를 암살하러 온 게 아니라고 무얼 보고 확신할 수 있죠?"

강도는 마계와 요계가 서로에게 아직 끈끈한 믿음을 갖고 있는 것은 아니라는 생각이 들었다.

수십만 년 동안 왕래가 없던 그들이 '현 세계 점령'이라는 하나의 공동 목표를 갖고 필요에 따라서 합치기는 했지만 아직 갈 길이 멀었다.

그렇다고 해도 이들은 공동 목표 아래에서만큼은 융화하게 될 것이다.

그렇기에 한 달 후 연합 공격을 감행하여 서울 시내를 폐허로 만들 수 있는 것이다.

강도는 마침 좋은 생각이 들었다. 그가 이참에 마계와 요계의 연합을 깨뜨리는 것이다.

간단하다. 제2쿠카이를 암살해서 둘 사이를 이간질시키는 것이다.

마군 총사령관 페헤르외르데그 외퇴시가 보낸 칙사가 요군 총사령관 제2쿠카이를 암살한다.

그러고도 마계와 요계가 계속 연합을 이어간다면 그거야말로 이상한 일이다.

제2쿠카이를 죽인 다음에는?

어떡하긴, 뒤도 돌아보지 말고 도망쳐야지.

80만 이상의 마군과 요군이 득실거리는 곳에서는 아무리 강도와 디오라고 해도 어쩔 도리가 없다.

우쭈리는 더 이상 강도와 말다툼하기 싫은 듯 근처에 대기하고 있는 카펨부아들 중에서 두 명을 불렀다.

"너희 둘, 이자들을 수색해라."

강도는 제2쿠카이의 참모 중에 하나인 이 우쭈리를 이용하면 그자를 죽이는 게 좀 더 손쉬울 거라고 생각했다.

우쭈리는 카펨부아들에게 명령하고 강도를 비웃듯이 바라보면서 뒷걸음치며 몇 걸음 물러났다.

우쭈리는 강도에게서 시선을 떼지 않았다.

강도는 지금쯤 우쭈리의 정신을 제압해야겠다고 생각했다.

그때 강도는 우쭈리의 눈에서 경멸의 기색을 읽었다.

요족의 더없이 아름다운 우쭈리가 마족의 더없이 흉측하게 생긴 야도 키세르테르를 경멸하는 것인데도 강도는 순간적으로 배알이 뒤틀렸다.

'저 계집이……'

순간 강도의 눈동자가 찰나지간 홍채(紅彩)를 띠었다.

그 순간 새빨간 레이저빔 같은 것이 우쭈리의 동공 속으로 파고들었다.

"아……."

우쭈리는 입을 벌리면서 나지막한 탄성을 흘렸다.

카펨부아가 강도와 옥령의 몸수색을 시작했다.

그러자 우쭈리가 나서며 손을 저었다.

"그만두고 물러나라."

카펨부아들은 즉시 몸수색을 멈추고 한옆으로 물러났다.

우쭈리가 자신에게 다가오는 것을 보고 강도는 그녀의 정신을 제압했다고 생각했다.

그렇지만 그는 착각했다. 조금 전에 그는 우쭈리의 정신을 제압해야 하는데 부지중에 다른 게 튀어 나갔다.

외카다무 즉, 수낵이다.

갱게우찌와 445명의 정혈낭을 먹은 강도의 몸속에는 엄청난 양의 그리고 극강의 정혈순액이 저장되어 있다.

그런데 그가 우쭈리의 정신을 제압해야겠다고 마음먹은 순간 뜻하지 않게 눈에서 수낵이 뿜어졌다.

그 당시에 우쭈리가 강도를 지나치게 경멸하는 눈빛을 보내고 있어서 거기에 속이 뒤틀린 강도에게서 수낵이 강렬하게 뿜어진 것 같았다.

우쭈리는 가까이 다가와서도 멈추지 않고 강도와 부딪칠 것처럼 바싹 붙었다.

"당신……"

강도는 우쭈리의 눈빛이 뜨겁게 일렁이고 목소리가 끈적거리는 것을 듣고 뭔가 잘못됐다는 사실을 직감했다.

우쭈리가 강도에게 몸을 밀착시켰다.

그녀는 두 손으로 강도의 허리를 끌어안고 아랫도리를 비비면서 얼굴을 그의 가슴에 묻었다.

"아아… 나 죽을 거 같아요……"

강도는 뒤통수에 독침을 한 방 맞은 것 같은 충격을 받았다.

'이런 빌어먹을! 수백을……'

우쭈리의 정신을 제압한다는 걸 어이없게도 수백을 발출한 사실을 뒤늦게 깨달았다.

"흐응… 날 좀 어떻게 해줘요… 제발……."

우쭈리는 은밀한 곳을 강도의 허벅지에 문지르면서 극도로 흥분해서 어쩔 줄을 몰랐다.

강도가 재빨리 둘러보니까 5명의 카펨부아들이 이상한 눈으로 쳐다보고 있다.

더 볼 것도 없이 강도는 무형지기를 발출해서 5명의 카펨부아를 기절시켜 그 자리에 쓰러뜨렸다.

이어서 우쭈리의 정신을 제압했다.

그랬더니 우쭈리는 갑자기 눈동자가 사라진 하얀 눈을 까뒤집고 몸을 세차게 부들부들 떨면서 경련을 일으켰다.

"으아아……."

옥령은 방금 전까지는 강도에게 달라붙었다가 지금은 다 죽어가고 있는 우쭈리를 가리키면서 어이없는 표정을 지었다.

"얘 왜 그래요?"

강도는 우쭈리가 이대로 죽을 것만 같아서 제압한 정신을 급히 풀어주었다.

그랬더니 우쭈리는 한차례 몸을 후드득 떨고 나서 언제 그랬느냐는 듯이 조금 전처럼 다시 강도에게 달라붙었다.

옥령은 잔뜩 얼굴을 찌푸렸다.

"얘 이건 또 왜 그러는 거예요?"

"발정했어."

"왜 갑자기 발정을……"

강도는 설명하기가 곤란했다.

"그게……"

그때 우쭈리는 손을 아래로 내려서 강도의 은밀한 부위를 만지고 강도와 입맞춤을 하려고 입술을 내밀었다.

옥령의 눈이 잔뜩 치켜떠졌다.

"이년이 미쳤나, 어딜 감히?"

옥령은 정말로 현 세계에서도 가장 아름다운 여자를 쩜 쪄먹을 만큼 아름다운 우쭈리가 극도로 흥분하여 거머리처럼 강도에게 착착 휘감기는 모습을 보고 눈이 확 뒤집혔다.

옥령은 우쭈리의 머리를 향해 주먹을 휘둘렀다.

거기에 한 대 맞으면 우쭈리는 머리가 터져서 즉사하고 말 것이다.

[옥 이모, 그만둬.]

강도가 전음을 보내자 옥령은 즉시 주먹을 내렸다.

[내가 착각해서 수넉을 발출한 거 같아.]

옥령은 강도의 중요 부위를 만지면서 그에게 감겨들고 있는 우쭈리를 보고 눈살을 찌푸렸다.

[수낵이 뭐죠?]

설명할 겨를이 없는 강도는 수낵에 대한 내용을 옥령 뇌리에 심어주었다.

[그런 말도 안 되는…….]

옥령은 이제는 강도의 바지 속으로 손을 넣고 있는 우쭈리를 보면서 재촉했다.

[제압하든가 어떻게 좀 해봐요!]

[조금 전에 눈 까뒤집는 거 봤잖아!]

[그럼 죽여 버려요!]

[애가 우리를 안내하고 있는데 제압하면 어떻게 해?]

옥령은 우쭈리가 바지 속으로 손을 넣은 것을 보고 강도를 하얗게 흘겼다.

[설마 지금 즐기고 있는 거예요?]

[무슨 헛소리를…….]

강도는 일단 우쭈리를 기절시켰다.

그는 축 늘어진 우쭈리를 바닥에 눕혔다.

강도와 옥령은 우쭈리를 내려다보며 얼굴을 찌푸렸다.

[이제 어떻게 해요?]

우쭈리 없이 제2쿠카이의 군막에 들어간다면 무조건 의심을 받을 것이다.

그렇다고 강도가 단독으로 들어가서 제2쿠카이를 죽이는 건 전혀 득이 없다. 그것은 그저 쿠카이 한 명을 더 죽이는 것에 불과할 뿐이다.

그러고 나서 도주하는 것도 문제다. 강도는 여기에서 현 세계로 공간 이동을 할 수가 없기 때문에 80만이 넘는 어마어마한 대군에게 쫓길 수밖에 없는 신세가 될 것이다.

강도 혼자라면 별문제 없지만 옥령이 있고 또 지하 통로 입구에는 태청 등 100명의 고수가 은신해 있으니 그들의 안전을 보장할 수가 없게 된다.

어쨌든 우쭈리 없이 제2쿠카이를 죽이는 건 안 된다.

우쭈리가 앞장서고 강도가 마군 총사령관 페헤르외르데그 외퇴시의 칙사로서 제2쿠카이를 죽일 때만이 핵폭탄 이상의 효과를 얻을 수 있다.

잠시 궁리하던 강도는 기절한 카펨부아 중에 한 명을 골라서 우쭈리 옆에 나란히 눕혔다.

이어서 진짜 우쭈리의 머릿속을 깡그리 스캔하여 강도 자신의 머릿속에 잠시 저장해 두었다.

그러고는 카펨부아의 두뇌를 깡그리 스캔하여 우쭈리 머릿속에 심어주었다.

세 번째로 강도 자신의 머릿속에 저장해 둔 우쭈리의 정신을 카펨부아의 텅 빈 머릿속에 송두리째 주입시켰다.

마지막으로 카펨부아의 모습을 옆에 누워 있는 우쭈리로 변신시켰고, 우쭈리는 카펨부아의 모습으로 바꿔놓았다.

감쪽같은 바꿔치기다.

'기가 막히네……'

옆에서 지켜보고 있는 옥령은 감탄하면서 혀를 내둘렀다.

옥령은 강도가 우쭈리와 카펨부아의 모습을 바꾸는 것을 보고 그가 어떻게 하려는 것인지 짐작했다.

마지막으로 강도는 카펨부아가 된 우쭈리를 다른 카펨부아들이 쓰러져 있는 곳에 눕혀놓고 가짜 우쭈리를 깨어나게 해주었다.

─이제 우리를 쿠카이에게 안내해라.

강도가 명령하자 정신이 제압된 가짜 우쭈리는 공손히 고개를 숙이고 앞장서서 군막을 나갔다.

강도는 따라 나가면서 쓰러져 있는 5명의 카펨부아에게 손을 뻗어 정신을 차리게 해주었다.

옥령은 부스스 일어나는 카펨부아 중에서 진짜 우쭈리를 찾아내고 쓴웃음을 지었다.

4명의 카펨부아는 후다닥 일어나서 주위를 두리번거리는데 반해 진짜 우쭈리는 엉거주춤 일어서더니 실성한 것처럼 입을 벌리고 신음 소리를 흘렸다.

"흐으으……"

아직 수낵에 걸려 있는 상태이기 때문이다.

그녀에게 수낵을 건 강도와 톰바를 하지 못한다면 그녀는 한 시간 안에 죽고 말 것이다.

그렇지만 강도가 그녀와 톰바를 해줄 리가 만무하다.

옥령은 속으로 혀를 차고는 제2쿠카이 군막으로 걸어가고 있는 강도를 부지런히 쫓아갔다.

제2쿠카이의 군막 안에서는 몇 사람의 대화가 들렸다.

가짜 우쭈리는 자신이 진짜 제2쿠카이의 참모 우쭈리인 줄 알고 군막 입구를 지키는 용사의 인사를 받고 고개를 까딱이 더니 그 자리에 서서 강도를 돌아보며 마족어로 정중하게 말했다.

"들어가세요."

강도와 옥령은 차례로 군막 안으로 들어갔다.

군막 안은 학교 교실 4개 정도를 합쳐놓은 정도 크기였다.

입구 안쪽에는 여러 개의 책상과 흡사 통신 장비 같은 것들이 놓여 있으며, 그곳에 제복을 입은 카카라음투와 탐바찌음투 10여 명이 바쁘게 일에 몰두하고 있는데 들어서는 강도와 옥령에겐 눈길조차 주지 않았다.

우쭈리가 얼른 들어와서 앞장섰다.

"이리로."

거기에는 휘장이 쳐져 있는데 우쭈리는 휘장 앞에 멈춰서 두 손을 앞에 모으고 안쪽에 대고 공손히 아뢰었다.

"전하, 푈드빌라그의 칙사입니다."

그러자 안쪽의 대화가 끊어졌다가 잠시 후에 묵직한 목소리가 들렸다.

"들여보내라."

사륵······.

우쭈리는 휘장을 걷고 나서 강도에게 들어가라는 손짓을 해보였다.

긴장 같은 건 1%도 하지 않은 강도지만 짐짓 긴장된 모습으로 휘장 안으로 들어가고 옥령이 뒤따랐다.

들어선 강도는 재빨리 실내를 살펴보았다.

정면에 보이는 10m 거리에 물고기 껍질로 만든 커다란 의자에 거대한 체구의 쿠카이가 앉아 있다.

이마에 난 삼각형의 뿔을 보면 쿠카이가 분명하다.

그가 바로 이곳 요군 총사령관인 제2쿠카이다.

복판의 커다란 그릇 안에서는 불이 활활 타오르고 있으며, 쿠카이 앞쪽 좌우에는 반원형으로 바우만과 우쭈리 20여 명이 뒤섞여 있었다.

이들은 작전 회의 같은 것을 하고 있었던 모양이다.

모두의 시선이 일제히 강도와 옥령에게 집중됐다.

제2쿠카이 오른쪽에 가장 가까이 있는 바우만이 강도와 옥령을 보더니 옆에 서 있는 우쭈리에게 냉엄한 얼굴로 물었다.

"무슨 일이냐고 물어봐라."

우쭈리에게 통역을 하라는 건데 강도가 즉시 요족어 루그하로 대답했다.

"쬘드빌라그의 페헤르외르데그께서 쿠카이 전하를 연회에 초청하셨습니다."

강도의 유창한 루그하에 다들 조금 놀라는 것 같았지만 오래 가지는 않았다.

쿠카이는 가만히 있고 다시 바우만이 딱딱하게 물었다.

"무슨 의도인가?"

"그건 모르겠습니다. 페헤르외르데그께서는 쿠카이 전하와 술을 마시면서 대화를 나누고 싶다고 말씀하셨습니다."

바우만은 표정을 더욱 굳혔다.

"그 외에는?"

"그리고 쿠카이 전하께 친히 전하라는 말씀이 계셨습니다."

"말해봐라."

"쿠카이 전하께 친히 전하라고 하셨습니다."

바우만이 노기를 띠었다.

"말하라고 하지 않았느냐?"

강도는 바우만을 똑바로 쳐다보았다.

"쿠카이 전하께 친히 말씀을 전하라고 하셨습니다."

그는 같은 말을 반복했다.

굽히지 않겠다는 완곡한 표현이다.

분위기가 급속도로 냉각됐다.

물론 페헤르외르데그 외퇴시가 쿠카이에게 친히 전하라는 말 따위가 있을 리 없다.

강도의 실력으로는 10m 떨어진 지금 거리에서도 충분히 쿠카이를 죽일 수 있다.

뿐만 아니라 이 군막 안에 있는 요군 전체를 3초 안에 깡그리 죽일 수 있다.

하지만 그건 강도이며 디오의 능력이다.

지금 그는 어디까지나 마족 6위 키세르테르다. 그렇기 때문에 키세르테르에 걸맞은 솜씨로 쿠카이를 죽여야만 마족 칙사가 요족 쿠카이를 암살했다는 상황이 만들어질 것이다.

바우만은 마족 키세라테르 따위에게 모욕을 당한 것 같아서 매우 불쾌한 표정을 지었다.

쿠카이를 비롯한 모두의 시선이 강도에게 집중됐다.

강도는 당당하지도 오만하지도 않은 자세와 표정으로 묵묵히 서 있었다.

건방져 보이면 상대의 기분을 언짢게 만들 수 있으므로 최대한 공경한 자세를 유지했다.

그러면서 그는 지하 광장 끝 지하 통로에서 은신하고 있는 태청을 비롯한 100명의 수하들에게 천리전음을 보냈다.

[지금 즉시 물러가서 서부제2전진섹헤이의 수하들과 함께 총본으로 철수하라.]

그러고는 옥령에게도 전음을 보냈다.

[옥 이모, 내가 쿠카이를 죽이는 즉시 나와 함께 여길 벗어날 거야.]

옥령은 강도가 쿠카이를 암살할 거라는 사실을 알고 있기 때문에 바싹 긴장했다.

[주군을 쿠카이 가까이로 부르지 않으면 어떡하죠?]

[부를 거야.]

[그걸 어떻게······.]

강도는 대답하는 대신 쿠카이를 보면서 정중하게 말했다.

"저희 페헤르외르데그께선 쿠카이 전하께 뭄바에 대해서 드릴 말씀이 있다고 하셨습니다."

순간 쿠카이를 비롯한 실내에 있던 모든 요족의 표정이 홱 급변했다.

이번에는 쿠카이가 직접 강도에게 물었다.

"뭄바의 무슨 얘긴가?"

"가까이 가서 직접 말씀드리겠습니다."

"음."

"다른 사람들이 들어서는 안 될 내용입니다."

일이 이 정도 되자 쿠카이는 손짓으로 강도를 가까이 오라고 불렀다.

강도는 서두르지 않고 쿠카이에게 다가갔고 모두의 시선이 그에게 집중됐다.

다들 강도가 쿠카이에게 무슨 짓을 할 것이라고는 의심하지 않는 듯했다.

여긴 요군 심장부이며 실내에는 수십 명의 바우만, 우쭈리들이 있고 또한 쿠카이 뒤쪽에는 총과 칼을 지닌 카카라음투 두 명이 산악처럼 지키고 있다.

더구나 지금은 마계와 요계가 연합하고 있는 상황이라서 마족이 쿠카이를 해칠 이유가 전혀 없었다.

다만 쿠카이의 측근들은 감히 칙사 따위가 쿠카이에게 가까이 다가가서 직접 대화하는 것은 무엄한 행위이기 때문에 난리를 쳤던 것이다.

옥령은 강도가 쿠카이에게 다가가는 것을 보면서 잔뜩 긴장했다.

강도가 그녀에게 쿠카이를 죽이고 나서 도주하자고 말했지만 그녀는 거기에 대해서는 아무 생각도 하지 않았다.

강도가 걱정되기 때문이다. 강도쯤 되면 조금도 걱정하지 않아도 되는데 그녀가 이러는 것이 아마도 부모의 마음일 것이다.

강도는 쿠카이 세 걸음 앞에서 멈추고 조금 쭈뼛거렸다.

조금 더 가까이 가야 한다는 무언의 몸짓이다. 그만큼 비밀스러운 내용이라는 뜻이기도 하다.

하긴 페르다우의 신 뭄바에 대한 내용이니까 그보다 중요한 일은 없을 것이다.

쿠카이는 강도에게 좀 더 가까이 오라는 손짓을 해보였다.

강도는 다시 걸어가면서 쿠카이의 머리를 스캔했다.

강도가 뭄바 얘기를 꺼내서인지 쿠카이 머릿속에는 뭄바에 대한 내용이 가득 차 있었다.

그중에서 특히 강도의 관심을 끄는 게 하나 있었다.

놀랍게도 페르다우에 뭄바가 둘이라는 내용이다.

하나는 예전 뭄바이고 또 하나는 새로운 뭄바다.

예전 뭄바는 능력이 저하되어 샤하쿠카이에 의해서 공격당하고 버려졌으며, 새로운 뭄바가 예전 뭄바의 모든 것을 이어받았다는 것이다.

그리고 쿠카이 머릿속에는 새로운 뭄바의 이름과 모습이 잔상으로 새겨져 있었다.

뭄바를 대체한 여신(女神)의 이름은 주아(Jua:태양)이고 매우 아름다운 모습이다.

그리스 신화에 나오는 헤라 여신처럼 머리에 보석이 박힌 관을 쓰고 바닥에 끌리는 희고 긴 드레스를 입었는데, 요족 여자의 모습은 아니다.

그런데 강도는 어떤 내용에서 움찔했다.

'딸이라고?'

쿠카이 머릿속에는 주아가 뭄바의 딸이라는 기억이 새겨져 있는 것이다.

뭄바의 딸이라니…….

헤이든인은 아주 오래전부터 남녀가 섹스를 통해서 임신을 하고 자식을 낳는 일이 사라졌다.

그 대신 헤이든인 남녀의 우수한 유전자를 서로 합성해서 인큐베이터 같은 시스템에서 인공적으로 헤이든인 아이들을 태어나게 했다.

그러다 보니까 헤이든인 여자가 잉태를 하는 생식 기능은 퇴화해서 사라졌으며 그러다 보니까 섹스도 하지 않게 되었다.

그런데 뭄바가 자식을 낳았으며 그게 새로운 뭄바인 주아 라니 강도로선 이해가 되지 않았다.

"말해봐라."

강도가 한 걸음 앞에 멈추자 쿠카이가 의자에서 상체를 떼어 강도에게 가까이하면서 물었다.

강도는 쿠카이 한 걸음 앞에서 한쪽 무릎을 꿇고 고개를 숙이며 예를 취했다.

그는 쿠카이의 관심을 끌어야겠다고 생각하고 작은 목소리로 속삭이듯 말했다.

"뭄바가 있는 곳을 알고 있습니다."

"무슨……."

쿠카이는 어이없는 표정을 지었다. 인간 같은 표정이 아니고 눈이 절반으로 작아지면서 날카로워졌다.

그는 뭄바가 중상을 입고 쫓기다가 페르다우 어딘가에 숨었다고 알고 있다.

"뭄바는 지금 현 세계에 있습니다."

"현 세계?"

"어떤 자와 같이 있습니다."

"그게 누군가?"

"인간인데 절대신군이라고 합니다."

"……."

쿠카이는 눈을 잔뜩 좁히고 강도를 쏘아보았다. 무슨 헛소리를 하느냐는 기색이 얼굴에 가득하다.

"어떻게 그럴 수가 있지? 뭄바는……."

강도는 무엄하게도 쿠카이의 말을 잘랐다.

"뭄바는 페르다우 하우리푸라는 곳에 숨어 있었는데 그곳을 탈출해서 현 세계로 숨어들었다고 합니다."

"하우리푸?"

쿠카이는 더 이상 강도의 말을 의심할 수가 없었다.

하우리푸는 페르다우에서 '망각의 땅'이라고 불리는 오지다. 만약 뭄바가 거기에 숨어 있었으면 찾아내지 못했을 것이다. 또한 마족이 하우리푸를 알고 있을 리가 없다.

"그 정보가 확실한 건가?"

"현 세계에 나가 있는 우리 선발대가 알아낸 겁니다."

"음……."

"그리고……."

쿠카이는 짙은 관심을 보였다.

"또 있나?"

"그렇습니다."

"말하라."

"뭄바가 자신의 딸을 만나려 한다는 정보를 입수했습니다."

"뭐야?"

쿠카이는 자신도 모르게 버럭 소리쳤다.

그 바람에 실내의 사람들이 일제히 이쪽을 쳐다보았다.

개중에는 무기를 뽑으려고 하거나 강도를 공격하려는 자세를 취하는 자도 있었다.

쿠카이는 손을 저어 주위를 안심시켰다.

"저희 페헤르외르데그께선 그것에 대해서 쿠카이 전하와 의논하고 싶다고 말씀하셨습니다."

"음……."

뭄바에게 딸이 있으며 그 딸이 페르다우의 새로운 여신으로 등극하려 한다는 사실은 현재 7명의 쿠카이밖에 모르는 일이다.

"뭄바가 현 세계 어디에 숨어 있는지 알기 때문에 쿠카이 전하와 함께 뭄바에 대해서 의논하려는 겁니다."

쿠카이는 손으로 턱을 받치고 잠시 깊은 생각에 잠겼다.

강도는 쿠카이를 여기까지만 갖고 놀기로 했다.

그는 깊은 생각에 잠겨 있는 쿠카이에게 무형지기를 발출하여 손가락 하나 움직이지 못하도록 제압했다.

이어서 바늘처럼 가느다란 암경을 발출하여 가슴 한복판을 기척도 없이 깊숙이 푸욱… 찔렀다.

"……."

쿠카이는 가슴이 따끔했으나 몸은 물론이고 얼굴까지 제압되어 움직일 수도 표정을 바꾸지도 말을 하지도 못하는 상황이라서 그저 묵묵히 앉아 있을 뿐이다.

쿠카이의 가슴을 찌른 바늘 같은 암경은 그의 몸속에서 폭발을 일으켰다.

퍼퍼퍼… 퍽!

그렇지만 쿠카이의 몸은 겉보기에 추호의 움직임도 없다.

그 폭발로 쿠카이는 즉사했다.

강도는 깊이 고개를 숙여 죽은 쿠카이에게 인사했다.

"그럼 이만 물러가겠습니다."

그는 일어나서 뒤돌아서 천천히 휘장으로 걸어갔다.

실내의 바우만과 우쭈리 등은 쿠카이가 깊은 생각에 잠겨 있는 모습과 밖을 향해 걸어 나가고 있는 강도를 번갈아 쳐다보았다.

하지만 강도가 쿠카이를 암살했을 것이라고 생각하는 자는 한 명도 없다.

그러나 눈이 매운 옥령은 쿠카이가 이미 죽었다는 사실을 간파했다.

그녀는 강도가 가까이 다가오기를 기다렸다가 몸을 돌려 그와 함께 밖으로 나갔다.

군막을 나온 두 사람은 즉시 도망치지 않고 규칙적인 걸음으로 점점 군막에서 멀어졌다.

그러다가 문득 강도는 우쭈리가 따라오고 있는 것을 알아차렸다.

조금 전까지 카펨부아였다가 강도에 의해서 우쭈리로 변신한 여자가 태연한 얼굴로 강도를 따라오고 있었다.

강도는 뒤도 돌아보지 않고 명령했다.

—돌아가서 너의 일상에 복귀하라.

따라오던 우쭈리는 즉시 뒤돌아서 쿠카이의 군막으로 걸어갔다.

옥령이 초조한 목소리로 물었다.

[발각되려면 얼마나 남았어요?]

[글쎄… 5분쯤?]

옥령은 싱긋 미소 지었다.

[충분하군요?]

쿠카이는 깊은 생각에 잠긴 모습으로 계속 있을 테고, 그걸 지켜보던 바우만들이 뭔가 이상하다고 여겨서 그에게 말을 건다면 그때가 그의 죽음이 발각될 시기다.

그래도 모르기 때문에 강도와 옥령은 군막들 속으로 섞여 들었다.

그러면서 요족 6위 카카라음투의 모습으로 변신했다.

그런데 그때 쿠카이의 군막 쪽에서 다급한 외침이 터졌다.

"아앗! 쿠카이 전하!"

"우앗! 암살이다! 전하께서 암살당하셨다!"

뒤이어서 더 큰 고함 소리가 터졌다.

"칙사를 잡아라!"

"멀리 못 갔을 것이다! 놈들을 잡아라!"

옥령이 강도를 쳐다보았다.

[5분이라고요?]

강도는 싱긋 미소 지었다.

[내가 점쟁이가 아닌 이상 그걸 어떻게 아나?]

두 사람이 지나고 있는 주위의 군막에서 요족 용사들이 우르르 쏟아져 나왔다.

그러나 두 사람은 마치 산책이라도 하는 것처럼 여유 있게 군막들 사이를 걸어갔다.


강원도 두타산.

강도와 파라마누는 무릉계곡 최상류인 용추폭포를 지나 좁은 오솔길을 오르고 있었다.

두 사람은 자신들이 헤이든에서 타고 온 우주선 모크샤를 찾으러 이곳에 왔다.

지구에서 수십만 년을 살아온 파라마누지만 어쩔 수 없는 길치에 방향치라서 모크샤가 있는 곳이 강원도 두타산 어디라고만 겨우 기억하고 있을 뿐이었다.

좌표를 정확하게 알고 있으면 서울에서 한 번에 갈 수 있을 텐데 그걸 몰라서 생고생을 하고 있는 것이다.

바삭, 바스락……

한겨울의 두타산은 적막하고 황량하기 이를 데 없다.

두 사람은 훌훌 날아서 갈 수 있는 산행을 걸어서 오르고 있는 중이다.

파라마누가 정확한 위치를 모르기 때문에 주위를 더듬으면서 가야 하기 때문이다.

용추폭포를 지나서 남쪽으로 방향을 꺾어 울창하고 가파른 산길을 두 사람은 손을 잡고 오르고 있다.

"이리 가는 거 맞아."

파라마누는 강도하고 모크샤에 가는 것이 좋은지 연신 웃는 얼굴이다.

더구나 현 세계의 연인들이 하듯이 강도의 손을 꼭 잡고 놓지 않았다.

강도는 지하 광장에서 제2쿠카이의 머리를 스캔하여 파라마누에게 딸이 있다는 사실을 알고부터는 마음이 답답했다.

그녀에게 딸이 있다는 사실은 금시초문이다.

그녀가 현 세계의 인간처럼 자식을 낳았다는 사실 자체가 놀라운 일이다.

그렇지만 파라마누는 강도에게 자신이 임신을 했었다거나 딸을 낳았다는 얘긴 한 적이 없었다.

그녀가 감추고 있거나 아니면 거기에 무슨 곡절이 있는 것이 분명하다.

말을 하지 않은 것뿐이지 그녀가 강도를 속인 것은 아니다.

지금도 강도는 자신이 물어볼 수 있지만 그녀가 먼저 말해주기를 기다리고 있었다.

자신이 먼저 말을 꺼냈을 때 그녀가 놀라거나 당황할까 봐 배려하는 것이다.

그런 걸 봐도 강도가 파라마누를 사랑하고 있는 것이 틀림 없는 것 같았다.

"여기야! 카르만! 여기가 틀림없어!"

산을 두 개 더 넘고서야 파라마누는 모크샤가 있는 장소를 찾아냈다.

그곳은 첩첩산중으로 태곳적부터 지금껏 사람의 발길이 한 번도 미치지 않았을 것 같았다.

양쪽이 거의 절벽처럼 수직으로 가파른 계곡의 가장 막다른 곳이다.

겉으로 보기에 그곳에는 모크샤가 있을 가능성이 제로에 가까운 지형이었다.

좁은 계곡의 막다른 곳에는 둘레가 겨우 5m 남짓한 아주 작은 옹달샘이 있었다.

옹달샘에서 흘러내린 실개천이 수십 km를 흘러내려서 용추 폭포 위쪽으로 흘러들었다.

"여기야."

파라마누는 옹달샘 뒤의 거대한 바위를 쳐다보았다.

옹달샘 위쪽은 높이 30m 정도의 깎아지른 절벽이며 그 아래에 집채만 한 크기의 바위가 버티고 있었다.

"이리 와."

파라마누는 강도의 손을 잡고 바위 옆으로 이끌었다.

바위 옆은 절벽하고 30㎝ 정도의 좁은 틈이 있고 파라마누는 강도를 이끌고 바위틈 안으로 비집고 들어갔다.

거기 절벽 아래에 동굴이라고 하기에는 애매한 Z 형태의 틈이 있는데 한 사람이 몸을 구부리면 겨우 들어갈 수 있을 정도다.

우드득······.

파라마누는 Z 틈을 허물어 넓히고는 안으로 들어갔다.

거기부터 허리를 잔뜩 굽혀야지만 전진할 수 있는 좁고 낮은 동굴이 구불구불하게 아래로 이어졌다.

"파라마누, 여길 어떻게 찾은 거야?"

"내가 항법을 맡았었잖아."

"그랬나?"

두 사람은 계속 전진하면서 대화했다.

강도와 파라마누 이슈텐이 지구에 불시착했었던 수십만 년 전에는 한반도가 지금 같은 모양이 아니었다.

"모크샤를 떠날 때 내가 모크샤의 생존 장치를 작동시켰었는데 얼마 전에 내가 모크샤에서 나오는 신호를 잡아낸 거야."

한 시간 후에 강도와 파라마누는 지하 깊숙한 곳에 위치한 광장에 도착했다.

수십만 년 전 지구에 도착했을 때 모크샤는 평평한 언덕 위에 착륙했었지 이런 지하 광장이 아니었다.

수십만 년의 세월이 지각 변동을 일으켰고 모크샤를 이곳 지하의 광장까지 끌고 내려온 것이다.

여긴 옹달샘이 있는 곳에서 지하로 구불구불하게 300m쯤 내려온 곳이다.

"저기야."

파라마누는 강도의 손을 잡고 지하 광장 한가운데에 놓여 있는 커다랗고 넓적한 바위를 가리켰다.

이곳은 강당 정도 크기이며 여기저기 천장과 바닥에 석순들이 늘어지거나 솟아 있었다.

두 사람은 파라마누가 가리킨 넓적한 바위 앞에 섰다.

강도는 바위를 보는 순간 그것이 모크샤라는 것을 한눈에 알아보았다.

겉보기에는 넓적하고 거대한 바위처럼 보이는 그것은 헤이든 우주선 모크샤가 수십만 년 동안의 세월을 뒤집어쓰고 있는 모습이었다.

모크샤에 흙먼지가 쌓이고 그것이 굳어서 화석처럼 변해 전체를 바위처럼 보이게 한 것이다.

그렇지만 모크샤를 기동시키기만 하면 스스로 돌과 이끼를 털어내고 본래의 모습을 되찾게 될 것이다.

파라마누가 강도를 바위의 아래쪽으로 이끌었다.

"우리 들어가 보자."

강도는 지금 모크샤에 들어가면 이대로 지구를 떠날지도 모른다는 생각이 들었다.

그리고 강도 자신도 지금 지구를 떠나고 싶다는 마음이 어느 정도 있었다.

따지고 보면 지구에 미련이 있는 것도 아니다. 그냥 훌훌 벗어던지고 파라마누와 함께 헤이든으로 돌아가서 행복하게 살면 그만이다.

지구에 불시착해서 수십만 년 동안 살아온 애착 같은 것이 없지 않지만 그런 것쯤은 얼마든지 털어버릴 수 있다.

하나 디오의 그런 심정을 강도가 만류했다. 디오가 그런 식으로 떠나 버리면 지구는 마계와 요계 세상이 돼버리고 말기 때문이다.

또한 강도의 희미한 의식이 붙잡고 있는 것이 있다.

유빈과 가족, 그리고 혼자 살아온 친어머니다.

강도는 얼마 전 자신을 낳아주고 19년 동안이나 혼자 살아온 친어머니 한영선을 만났을 때 분명하게 깨달은 사실이 있었다.

디오는 헤이든인이고 자신은 지구인이라는 사실이다.

디오는 박형식이라는 이름으로 한영선을 만나서 아들까지

낳았는데도 어느 날 한 마디 말도 없이 아들을 데리고 떠나면서 가차 없이 그녀를 내팽개쳤다.

그래놓고서도 디오는 추호도 일말의 가책이나 죄의식을 느끼지 못했다.

그는 그렇게 살아온 것이다.

수십만 년 동안 인간의 몸을 빌어서 인간 여자와 살아오고 또 그녀들과 헤어지면서도 그리움이나 추억 같은 것은 눈곱만큼도 갖지 않았었다.

그래도 그를 탓할 수 없는 이유가 있다.

그가 제아무리 지구에서 수십만 년 동안 인간처럼 살아왔어도 그는 뼛속까지 헤이든인이라는 사실이다.

헤이든인에게는 지구인처럼 따뜻한 감정이 없다.

그렇지만 강도는 그러지 못하다. 지금 그가 파라마누를 따라서 모크샤에 타고 지구를 떠나지 못하는 이유는 그가 뜨거운 지구인의 피를 지니고 있기 때문이다.

"다음에 들어가자."

잠시 강도의 손을 놓고 모크샤의 입구를 찾고 있던 파라마누가 의아한 표정으로 그를 바라보았다.

"카르만."

"파라마누, 나는 아직 이강도야."

파라마누는 착잡한 표정을 지었다.

강도는 모크샤를 바라보았다.

"약속할게. 다음에 올 때는 파라마누하고 헤이든으로 돌아가겠어."

파라마누는 지금 강도하고 헤이든으로 돌아가고 싶었지만 꾹 참았다.

그래도 강도의 약속을 받아낸 것은 대단한 소득이다.

그녀가 알고 있는 강도는 한 번도 자신이 세운 약속을 어긴 적이 없었다.

"그래, 알았어."


두 사람은 모크샤 옆 졸졸 물이 흐르는 바위에 마주 보고 앉았다.

강도가 나가려는데 파라마누가 할 말이 있다면서 그를 붙잡은 것이다.

"우리 집 손보지 않아도 될까?"

파라마누는 모크샤를 응시하면서 말했다.

"다음에 와서 손보지."

강도는 혹시 파라마누가 자신의 딸에 대해서 말하지 않을까 하고 기대했다가 실망했다.

"사실 나 카르만에게 고백할 게 있어."

"……"

강도는 고개를 숙이고 흐르는 물에 손을 씻다가 흠칫 가볍게 놀랐다.

"놀라지 마, 카르만."

강도는 젖은 두 손을 비비면서 파라마누를 쳐다보았다.

그녀는 부드러운 미소를 지었다.

"나 아이를 낳았어."

그녀는 손을 뻗어 강도의 젖은 손을 잡았다.

"카르만과 나의 아이야."

"……"

강도는 가슴이 콱 막혔다.

파라마누가 딸을 낳았다면 아버지는 자신일 거라고 예상했지만 막상 그 사실을 파라마누의 입으로 직접 들으니까 감회가 남달랐다.

파라마누는 강도가 딱딱하게 굳은 얼굴로 가만히 있는 것이 충격을 받았기 때문이라고 생각했다.

"지난번 카르만하고 싸우고 나서 내 몸이 이상한 것을 알게 됐었어."

한바탕 뜨거운 사랑의 시간이 지나간 후에 파라마누는 이슈텐과 연합해서 강도를 공격했었다.

그러고는 그녀와 이슈텐, 강도, 아니, 디오 셋 다 중상을 입고 은둔했었다.

"그래서 페르다우 카스리(성전)에 은둔하여 상처를 치료하고 있었는데 이상하게 점점 배가 불러오는 거야."

디오는 현 세계 인간 여자하고 살면서 수많은 자식을 낳았지만 파라마누를 임신시킨 적은 한 번도 없었다.

"나는 그런 경험이 없어서 정말 많이 놀랐었어. 임신인 줄 모르고 내가 많이 아픈 줄만 알았어."

강도는 말없이 고개를 끄떡였다.

"아무래도 이상해서 현 세계로 나갔어. 그때는 조선 시대였는데 한양의 어느 의원으로 가서 진료를 받았던 거야. 그런데 의원 말이 내가 임신을 했다는 거야."

그녀는 쓸쓸한 표정을 지었다.

"그래서 카스리로 돌아와서 머물다가 혼자서 아이를 낳았어. 딸이야."

파라마누는 딸을 낳은 이후의 일을 담담하게 설명했다.

그녀는 딸의 이름을 주아라고 지었다.

그녀는 딸 주아와 함께 카스리에서 행복한 나날을 보냈다.

수많은 인간 여자와 결혼해서 살았던 강도하고는 달리 오로지 강도하고만 섹스를 해온 파라마누는 자신과 강도의 사랑의 선물인 딸 주아를 키우면서 한 번도 느껴본 적이 없는 행복과 모성애라는 것을 알게 되었다.

그때 파라마누는 처음으로 강도와 자신 그리고 딸과 함께 헤이든으로 돌아가고 싶다는 생각을 했었다.

그러고는 상처가 다 나으면 딸을 데리고 강도를 만나러 가서 함께 헤이든으로 돌아가자고 말해야겠다고 결심했었다.

그러고 나서 얼마나 지난 어느 날 잠에서 깬 파라마누는 소스라치게 놀라고 말았다.

딸 주아가 감쪽같이 사라졌으며 그녀의 영 말라이카와 능력 에찌도 몸속에서 빠져나간 사실을 알게 된 것이다.

크게 놀라고 당황한 파라마누는 주아를 찾으려고 카스리 안팎을 샅샅이 뒤졌으나 찾지 못하고 나중에는 페르다우 전체를 뒤졌는데도 끝내 딸을 찾지 못했다.

시름에 잠긴 그녀는 카스리에 틀어박혀서 꼼짝도 하지 않고 꽤 오랜 세월을 보냈다.

그러다가 얼마 전에야 그녀의 영 말라이카가 돌아와서 한 가지 사실을 알려주었다.

그녀의 딸 주아는 안전한 곳에서 잘 지내고 있으며 어머니를 만나고 싶어 한다고 말이다.

그 말을 무조건 믿은 파라마누는 그 즉시 딸을 만나러 갔다.

그렇지만 그것은 함정이었다.

페르다우의 새로운 여신이 되려는 주아를 필두로 샤하쿠카이와 6명의 쿠카이들, 그리고 백여 명의 바우만이 파놓은 함정이었다.

더 놀라운 사실은 말라이카와 에찌가 주인인 파라마누를 버리고 그녀의 딸 주아를 새로운 주인으로 섬기고 있더라는 것이다.

말라이카와 에찌는 파라마누가 출산한 후에 자신과 강도, 딸 셋이서 헤이든으로 돌아가겠다는 결심을 한 것에 대해서 배신감을 느꼈다.

사실 말라이카와 에찌 같은 것들은 파라마누 등이 처음 지구에 도착했을 때에는 존재하지 않았었다.

헤이든인에게는 영이니 능력 같은 것은 없으며 단순히 본신만 있을 뿐이었다.

그런데 낯선 지구에서 살아가기 위하여 그리고 이후 셋이서로 반목하여 싸우게 되면서 필요에 의하여 각각의 영과 능력을 만들어냈다.

그것도 하루아침에 만들어진 것이 아니고 수만 년의 세월을 거치고 시행착오를 거듭하면서 다듬어져 만들어진 것이 지금의 영과 능력이다.

그러니까 삼신의 영과 능력은 지구가 고향이다.

지구의 자연에서 기(氣)와 에너지를 흡수하여 만들어졌기 때문에 그들은 지구의 일부라고 할 수 있다.

파라마누는 헤이든으로 돌아가기 전에 말라이카와 에찌를 해체할 생각을 아무렇지도 않게 했었다.

그들은 생물도 무생물도 아닌 삼신에 의해서 탄생한 새로운 종(種)이다.

말라이카는 파라마누가 헤이든으로 돌아갈 때 자신들을 해체할 것에 반발하여 그녀의 딸 주아를 납치했던 것이다.

그래서 페르다우의 지도자인 샤하쿠카이와 짜고서 주아를 양육했다.

샤하쿠카이로서도 뭄바를 신으로 모시면서 전전긍긍하는 것보다 그녀의 딸을 새로운 신으로 만들어서 자신이 마음먹은 대로 부리는 쪽이 훨씬 이득이라고 판단한 것이다.

"그랬었군."

파라마누의 설명이 끝나자 강도는 천천히 고개를 끄떡였다.

파라마누는 강도의 표정을 살피면서 물었다.

"당신은 어떻게 하고 싶어?"

강도는 짧게 대답했다.

"내 딸을 만나야지."

주아는 지금까지 그가 버린 수많은 인간의 자식들이 아니라 헤이든인 자신과 파라마누의 자식이다.

제39장
서울이 지옥으로

　강도와 파라마누가 강원도 두타산에서 총본으로 돌아오자 하나의 보고가 기다리고 있었다.

　"섹헤이에서 마계와 요계가 충돌했습니다!"

　강도는 제2쿠카이를 죽인 섹헤이 지하 통로에 질풍대원 몇 명을 남겨두고 왔다.

　그들의 보고를 태청이 강도에게 보고한 것이다.

　"수가 훨씬 많은 요계에게 밀린 마계가 섹헤이를 철수하고 있습니다. 부두에는 마군들이 배를 타고 철수하고 있으며 강을 뺏기지 않으려는 마군이 결사 항전하고 있습니다."

지하의 강은 마군들이 배를 타고 온 유일한 통로다. 강을 뺏기면 도주할 퇴로가 차단되기 때문에 마군으로서도 결사적으로 저항할 수밖에 없다.

강도는 고개를 끄떡였다.

"알았다."

원래 연합하기로 한 마군과 요군이 연합은 제쳐놓고 서로 싸우고 있으니까 그보다 좋은 일이 없다.

마군 총사령관 페혜르외르데그 외퇴시의 칙사가 요군 총사령관 제2쿠카이를 암살하고 도주했으므로 싸움, 아니, 전쟁이 일어나는 것은 당연하다.

총본 사령탑을 총괄하는 지휘석에 앉은 강도는 천룡에게 명령했다.

"합참의장을 연결하라."

잠시 후 전면의 대형 TV에 합참의장의 모습이 나타났다. 그는 합참본부에 있었다.

─무슨 일입니까?

일전에 청와대에서 일면식이 있었던 합참의장은 강도를 보면서 깍듯한 자세로 물었다.

"지금 내가 의장님 머릿속에 어떤 내용을 심어줄 겁니다."

─그게 무슨…….

강도와 합참의장이 TV로 연결되었기 때문에 강도가 섹헤이에서 행한 일과 지금의 상황을 그의 머릿속에 심어주는 일은 간단했다.

—아…….

갑자기 머릿속으로 어떤 정보들이 와르르 쏟아져 들어오자 합참의장은 크게 놀라 눈을 커다랗게 떴다.

—이… 게 뭡니까?

"지하에서 벌어졌거나 현재 벌어지고 있는 상황입니다."

—아아… 굉장하군요.

"무의도 아십니까?"

—영종도 옆 무의도 말입니까?

"그렇습니다. 무의도에서 동남쪽으로 75㎞ 지점 지하에서 벌어지고 있는 상황입니다."

합참의장은 급히 지도를 살폈다.

—무의도에서 동남쪽으로 75㎞ 지점이면 경기도 화성시 향남읍 근처입니다.

"정확합니다."

—지하로 병력을 투입해야 합니까?

"아닙니다. 화성시 향남읍을 중심으로 경계를 하십시오. 그리고 만약을 대비하여 서울과 경기도 일대에 무장 병력을 배치하는 것이 좋겠습니다."

—싸우던 마군과 요군이 지상으로 뛰쳐나오는 것에 대비하

는 것입니까?

"그렇습니다."

골수까지 군인인 합참의장은 꼭 필요한 것만 질문했다.

―우리 군의 화기가 마군과 요군을 살상할 수 있습니까?

"머리를 날리거나 몸통을 절단하면 죽습니다."

―알겠습니다.

합참의장과의 화상 통화를 끝낸 강도는 잠시 생각에 잠겼다
가 천룡에게 다시 지시했다.

"대통령 연결해."

천룡은 움찔했다.

"청와대 말입니까?"

그는 강도와 대통령의 관계에 대해서 모르고 있다.

"그래."

천룡은 급히 수하들에게 지시했다.

잠시 후 TV 화면에 대통령이 나왔다.

―강도 씨!

강태석 대통령은 강도를 보자마자 반갑게 소리쳤다.

"대통령 님, 긴급 상황입니다."

강도는 대통령에게도 섹헤이의 상황에 대한 내용을 머리에
심어주었다.

―강도 씨, 이거 어떻게 합니까?

대통령은 크게 당황했다. 마계와 요계에 대한 일은 모두 강도에게 일임한 상황이라서 그로서는 강도가 시키는 일밖에 할 게 없었다.

"계엄령을 선포해 주십시오."

—그래야 합니까?

"필요합니다."

—알겠습니다.

"합참의장하고는 상의했습니다."

대통령은 진지한 표정이다.

—강도 씨가 애쓰는군요. 아무쪼록 분투해 주세요.


강도는 휴게실로 가서 잠시 휴식을 취했다.

푹신한 소파에 거의 눕듯이 기대어 앉은 그의 옆에 파라마누가 찰싹 붙어 있다.

강도는 문득 잊고 있던 일을 기억해 냈다.

"라이니카 부족은 잘 데려왔어?"

강도가 섹헤이에 다녀오는 동안 파라마누는 외방계에 남아 있는 라이니카의 춤비족을 모두 현 세계로 데려오는 일을 맡았었다.

파라마누는 강도 어깨에 뺨을 비볐다.

"317명 모두 다 데려왔어. 중량천 다리 밑으로 데려 나왔다가 거기에 대기하고 있던 버스에 태워왔어."

"어디에 있지?"

"여기에 있어."

파라마누는 손가락으로 아래를 가리켰다.

강도는 옥령을 불렀다.

"외방계에서 온 와다무들 어디에 있어?"

"연회장에 모여 있어요."

"거기에서 뭘 하는데?"

"뭘 하긴요? 주군 분부를 기다리고 있죠?"

강도는 어이없는 표정으로 일어났다.

"나 참… 그런 건 빨리 얘기해 줘야지."

강도와 파라마누 뒤를 옥령이 따르면서 종알거렸다.

"하문하셔야지 아뢰죠."


호텔 대연회장은 외부인의 출입이 일절 통제된 상태에서 외방계에서 온 춤비족 317명이 수용되어 있었다.

강도의 최측근인 음브웨가 총본에 얘기해서 요족들이 필요한 물건들과 식사를 대접하도록 했었다.

요족들이 해물을 주식으로 하기 때문에 호텔 주방에서는 급히 해물 요리를 만들어서 대연회장에 공수했으며, 그들이 입을 옷으로 호텔 종업원들이 입는 트레이닝복과 모포 등 이

불을 내주었다.

그렇지만 요족들은 트레이닝복을 갈아입고 모포를 깔고 덮은 채 대연회장 한쪽에 모여 있을 뿐이지 해물 요리에는 거의 손을 대지 않았다.

극도로 긴장하고 있기 때문이다.

스르······.

그때 자동문이 열리고 대연회장 안으로 강도와 파라마누, 그리고 옥령이 들어섰다.

요족들과 함께 있던 음브웨와 라이니카가 강도를 발견하고 달려왔다.

"오빠!"

"사이디(Saidi:주인님)!"

그녀들의 외침에 요족들이 일제히 일어났다.

강도는 달려오는 음브웨와 라이니카를 양쪽 팔로 안았다.

"바빠서 이제 왔다."

라이니카의 큰오빠 공고 등은 강도가 외방계에 갔을 때 봤었기 때문에 기쁜 얼굴로 다가와서 절을 했다.

"디오 님."

강도가 다가가자 음브웨와 라이니카를 제외한 모든 요족 와다무들이 무릎을 꿇은 채 이마를 바닥에 대며 최고의 예를 표했다.

강도는 그들을 둘러보면서 라이니카에게 유창한 루그하로
물었다.

"라이니카, 아버지가 누구냐?"

라이니카가 다가가서 어떤 와다무를 일으켰다.

늙은 모습의 6위 카카라음투가 감히 강도를 마주 쳐다보지
못하고 전전긍긍했다.

"이름이 뭐냐?"

강도의 물음에 라이니카 아버지 춤비족 족장은 굽실거리며
대답했다.

"디오 님, 제 이름은 폼부(Pomboo)입니다."

강도는 폼부의 손을 잡고 그가 더 이상 굽실거리지 못하게
하면서 말했다.

"폼부, 나는 너희들 모두를 현 세계 인간으로 만들어주려는
데 어떻게 생각하느냐?"

폼부는 너무 감격해서 말을 하지 못했다.

그들은 음브웨에게 겡게우찌와부족이 어떻게 되었는지 잘
들었기 때문에 자신들도 그렇게 될지도 모른다고 기대하고 있
었다.

"그리고 너희들을 겡게우찌와가 있는 곳으로 보내서 함께
살도록 해주겠다. 어떠냐?"

춤비족으로서는 그것에 대해서 상의하고 자시고 할 것도 없

이 대환영이다.

"디오 님, 부디 저희들을 그렇게 해주십시오."

강도는 미소 지으며 고개를 끄떡였다.

"알았다."


강도는 대연회장 한쪽에 자리를 잡고 앉아서 춤비족 317명을 한 명씩 현 세계 인간으로 만들어주었다.

춤비족 남녀노소는 인간으로 변한 자신들의 모습을 대형 거울에 비춰보며 기뻐서 어쩔 줄을 몰랐다.

강도가 와다무들을 현 세계 인간으로 만드는 데는 예전처럼 정혈순액이 필요하지 않았다.

그저 와다무의 몸에 손을 대고 젠을 주입하여 그들의 몸을 변형시켜 주면 그것으로 충분했다.

그렇다고 해서 젠이 소모되는 것은 아니다. 와다무의 몸을 한 바퀴 돌고 난 젠은 다시 강도에게 회수되었다.


"이것을……."

춤비족장 폼부가 큼직한 그릇을 갖고 와서 두 손으로 공손히 강도에게 내밀었다.

"뭔가?"

"와카다무입니다."

"또야?"

강도는 얼굴을 찌푸렸다.

이럴 때의 그는 삼신의 찬란한 디오가 아니라 영락없이 젊은 청년 강도의 모습이다.

예전에 겡게우찌와 부족 전원을 현 세계 인간으로 만들어 주었을 때에도 족장인 음브웨의 아버지 바와는 부족원 455명에게서 떼어낸 정혈낭 외카다무를 모두 갖고 와서 강도에게 먹으라고 했었다.

그게 몸에 좋대나 어쨌대나, 하여튼 그들이 하도 사정하기에 강도는 눈을 질끈 감고 455개의 정혈낭 외카다무를 모두 먹었었다.

그런데 춤비족도 똑같이 정혈낭 317개를 들고 와서 강도에게 먹으라고 하는 것이다.

그렇다고 그게 달콤하든가 맛있는 것도 아니다. 깨물면 비릿한 액체가 찍, 하고 쏟아져 나오는데 그게 요족들의 정액이나 난자 뭐 그런 것이라는 생각이 들면 그대로 토하고 싶은 심정이었다.

"나는 됐네."

강도는 손을 내저으며 먹지 않겠다는 의사를 분명히 밝혔다.

폼부와 와다무들은 난감한 표정을 지었다.

그들로서는 자신들의 생명의 집합체인 외카다무를 바치는

것이 최고의 존경의 표시다.

그렇지만 강도는 317개나 되는 외카다무를 먹느니 차라리 자리를 박차고 나갈 생각을 했다.

"먹어."

그때 옆에 앉아 있는 파라마누가 조용히 말했다.

"317개의 외카다무는 317명의 와다무의 능력을 먹는 거야. 그걸 모르겠어?"

"……."

"먹고서 몸속에 비축해 두었다가 그걸 힘으로 사용해 봐. 그러면 왜 먹으라고 하는 건지 알게 될 거야."

강도는 새로운 사실을 깨달은 것 같은 기분이 들었다.

외카다무를 먹으면 그것이 힘으로 분출된다는 사실은 처음 알게 되었다.

그는 자신의 젠 절반을 파라마누에게 준 상태다.

그리고 그가 상대할 적은 그보다 훨씬 강하다.

그렇기 때문에 지금의 그는 힘이 될 수 있다면 산삼 뿌리라도 찾아서 먹어야 할 판국이다.

예전에 겡게우찌와 족장 바와도 외카다무를 먹으면 몸에 좋다고 적극적이었다.

"알았어. 먹지."

강도는 그들의 말이 사실이기를 바라면서 고개를 끄떡였다.

그가 그릇을 받자 폼부는 예전에 바와가 했던 말을 그대로 했다.

"하나씩 입안에서 터뜨리셔야 합니다."

강도는 조금 짜증이 났다.

"알았다고 했잖아."

어쨌든 강도는 317개의 외카다무를 하나씩 입안에 넣고 이빨로 깨물어 터뜨려서 결국 다 먹었다.

지난번 455개의 외카다무를 체내의 한곳에 저장해 뒀는데 이번 317개도 같은 곳에 저장했다.

그때 라이니카가 아버지와 오빠 등 가족에게 귓속말로 뭐라고 속삭였다.

파라마누가 뭄바라고 귀띔해 준 것이다.

폼부를 비롯한 춤비족들은 소스라치게 놀라서 일제히 무릎을 꿇고 절을 했다.

"뭄바시여! 알아보지 못했습니다! 용서하십시오!"

파라마누는 의아한 얼굴로 물었다.

"뭘 용서하라는 거야?"

"뭄바 님께서 저희들을 페르다우에서 구출해 주셨는데도 저희들은 뭄바 님을 알아보지 못했습니다! 부디 용서하십시오!"

파라마누는 미소 지으면서 손을 내저었다.

"별것 아니야."

춤비족 와다무들은 삼신의 디오와 뭄바가 나란히 앉아 있는 모습을 눈부신 듯이 바라보았다.

"저……."

그때 폼부의 큰며느리 즉, 공고의 아내가 조심스럽게 입을 열었다. 폼부와 공고는 그녀가 무슨 말을 할지 몰라서 깜짝 놀라는데 그녀는 잔뜩 겁먹은 얼굴로 조심스럽게 물었다.

"정말 뭄바 님께서 저희 와다무를 만드셨나요?"

뜬금없는 질문에 와다무들은 깜짝 놀랐지만 그게 원래부터 몹시 궁금했던 터라서 시선은 자연히 뭄바 파라마누에게 집중되었다.

와다무에 전해 내려오는 전설은 위대한 신 뭄바가 세상과 우주와 와다무들을 만들었다는 사실을 토대로 하고 있다.

파라마누는 엷은 미소를 지었다.

"내가 37만 년 전에 너희들을 동아프리카에서 데리고 나와 페르다우로 인도한 것은 사실이다."

그녀는 옆에 앉은 강도의 팔을 가슴에 안으며 부드러운 미소를 지었다.

"그전에는 여기에 있는 디오가 너희들을 이끌었지."

"아……."

페르다우 와다무의 역사서는 그들이 대빙하기를 맞이하여

동아프리카를 떠난 직후부터 기록하고 있어서 그 이전의 역사는 전해지지 않았다.

"디오가 인간들을 다스리면서 언어와 살아가는 방법 등을 가르쳐 주었어."

큰며느리가 기대하는 표정으로 물었다.

"그럼 디오 님께서 저희를 만드셨나요?"

강도는 빙그레 미소만 짓고 있는데 이번에도 파라마누가 설명했다.

"디오가 너희들을 인간으로 만들었다고 할 수 있지."

"아……."

파라마누는 희고 긴 손가락 하나를 세우고 설명했다.

"오십만 년쯤 전에 너희들은 그냥 짐승이었어. 원숭이 알지? 고릴라나 오랑우탄, 침팬지 같은 거 말이야. 너희들은 그런 짐승 무리였었어."

와다무들은 눈도 깜빡거리지 않고 파라마누의 설명을 듣는 데 온 신경을 집중했다.

"내 기억으로는 디오가 심심해서 숲속에서 원숭이 몇 마리를 잡아다 길렀던 게 인간의 시작이었던 것 같아."

페르다우에도 원숭이와 침팬지, 고릴라 등 유인원들이 살고 있어서 파라마누의 설명은 더욱 실감이 났다.

"디오는 잡아온 원숭이들의 몸에서 거추장스러운 털을 없애고 뇌의 용량을 서너 배나 커지게 했으며 우리처럼 걸어 다닐 수 있게 온몸의 골격을 새로 맞추고 몸을 더 크게 만들었어. 그러고는 원숭이들이 짐승이 아닌 더 높은 차원의 삶을 살 수 있도록 말하는 법을 비롯한 여러 가지들을 꾸준히 가르쳤어."

파라마누는 강도의 어깨에 뺨을 비볐다.

"어쨌든 지금의 현 세계 인간과 페르다우의 와다무, 푈드빌라그의 푈드엠베르를 원숭이에서 인간으로 탈바꿈시킨 것은 디오였어."

"아아……."

와다무들은 탄성을 터뜨리며 더없이 존경의 표정으로 강도를 바라보았다.

강도는 이들 요족을 창조한 창조주나 다름이 없다. 그가 아니었으면 요족을 비롯한 모든 인간은 지금도 숲속에서 원숭이로 살아가고 있을 테니까 말이다.

그러니 요족 와다무들이 강도를 바라보는 눈빛과 표정이 존경심과 흠모로 가득할 수밖에 없었다.

그때 음브웨가 강도에게 다가와서 손목에 차고 있는 트랜스폰을 가리켰다.

"오빠, 겡게우찌와의 아버지하고 오빠가 나왔어요."

그녀는 강도의 측면 허공을 가리켰다.

"여기예요."

지이이…….

허공이 이지러지면서 전자파 같은 것이 일렁이더니 곧 누군가의 홀로그램 모습이 나타났다.

음브웨 아버지 바와하고 오빠 와노의 모습이다. 그들은 모자를 쓴 어부 복장을 하고 있었다.

인공위성이 실시간으로 그들의 모습과 강도 등의 모습을 전송해 준 것이다.

─주군!

바와와 와노는 바닥에 엎드려 절을 했다.

"일어나라."

강도가 미소 지으며 말하자 두 사람은 공손히 일어섰다.

바와와 와노가 있는 곳은 제법 커다란 어선의 갑판이고 두 사람 뒤에는 같은 배에서 일하는 와다무들이 질서 정연하게 서 있다.

"사는 건 어떠냐?"

강도의 물음에 바와는 공손하게 대답했다.

─하루가 지나가는 것이 아까울 만큼 행복합니다. 정말 감사합니다, 주군.

"자리는 잡았느냐?"

─모든 게 완벽합니다. 여기는 지상낙원입니다.

바와는 자신이 서 있는 어선을 가리켰다.

—이 배가 제가 타는 35톤 안강망어선입니다.

강도는 고개를 끄떡였다.

"바와, 친구들을 보내주겠다."

강도는 폼부와 라이니카, 그리고 춤비족을 비춰주었다.

—아……

바와와 와노는 깜짝 놀라 탄성을 터뜨렸다.

그들 모두 현 세계 인간으로 변했으나 본래 모습이 많이 남아 있기에 서로를 알아보는 데는 문제가 없다.

그중에서도 와노는 예전의 연인이었던 라이니카를 보고 크게 놀랐다.

하지만 라이니카는 아무렇지도 않게 반갑게 손을 흔들었다.

"잘 있었어요, 와노?"

그녀는 곧 두 손으로 공손히 강도를 가리켰다.

"나는 디오 님의 야야(여종)가 되었어요."

와노가 뭐라고 말할 새도 없이 바와와 폼부가 반갑게 인사를 나누느라 시끄러웠다.

강도는 조용해지기를 기다렸다가 바와에게 말했다.

"바와, 춤비족을 그곳으로 보내려고 하는데 괜찮겠느냐?"

강도가 하라고 하면 바와는 받아들여야만 하는데도 그는 굳이 의견을 물었다.

바와는 쌍수를 들어 환영했다.

"그렇지 않아도 여긴 일손이 부족합니다. 춤비족을 보내주시면 사이좋게 살겠습니다."

폼부는 크게 기뻐했다.

"고맙습니다, 바와."

강도는 앉은 자리에서 일어섰다.

"지금 보내주겠다."

옥령은 춤비족을 모두 한군데로 최대한 바싹 밀착해서 모이게 했다.

강도는 그 앞에 서서 와노에게 말했다.

"와노, 그쪽 널찍한 공간의 좌표를 보내라."

잠시 후에 화면에 좌표가 나타났다.

강도는 트랜스폰에 좌표를 입력하고 모여 있는 춤비족 둘레에 빛으로 선을 그었다.

라이니카는 처음부터 그곳에 속하지 않고 음브웨 옆에 나란히 서 있었다. 그녀는 강도의 야야이기 때문에 이곳에 남기로 한 것이다.

강도는 트랜스폰의 전송빔을 발사한 곳에 젠을 뿜었다.

츠으으읏……

물결처럼 일렁거리는 빛이 춤비족을 감싸더니 잠시 후에 그곳에서 감쪽같이 사라졌다.

"아아… 갔나요?"

라이니카는 놀라서 누구에게랄 것 없이 물었다.

"저길 봐, 라이니카."

음브웨가 허공의 화면을 가리켰다.

홀로그램 같은 화면에는 어느 백사장에 춤비족이 모여서
두리번거리고 있는 광경이 나타났다.

라이니카는 화면을 보면서 두 손을 가슴에 모았다.

"아아… 정말 신기해요……."

곧이어 바와와 와노 등이 백사장으로 달려와서 춤비족을
얼싸안고 기뻐하는 모습이 화면에 나왔다.

강도는 라이니카를 쳐다보았다.

"너는 왜 가지 않았느냐? 너도 보내주마."

라이니카는 기겁해서 음브웨 뒤에 숨었다.

"안 돼요! 저는 가지 않아요!"

음브웨가 울 것 같은 얼굴로 설명했다.

"라이니카는 오빠의 야야가 됐는데 부족에게 보내면 가서
자살하라는 얘기예요."

파라마누도 거들었다.

"사이디에게 버림받은 야야는 자살하는 것이 페르다우 와
다무의 법이야."

"법?"

"톰바를 한 여자는 무조건 부인이나 야야로 삼아야만 해.

그런 선택을 받지 못한 여자는 죽어야 하는 거야."

강도의 시선이 음브웨에게 향했다.

음브웨도 강도와 톰바를 했기 때문이다.

음브웨는 얼굴을 붉히며 고개를 푹 숙였고, 그 옆에서 라이니카는 그녀의 손을 꼭 잡고 서 있다.

파라마누가 속삭였다.

"애들을 부인으로 삼아도 돼."

강도와 음브웨, 라이니카 모두 화들짝 놀랐다.

파라마누는 깔깔 웃으며 헤이든어로 말했다.

"아하하하! 카르만은 나하고 헤이든으로 갈 거니까 애네들은 이강도의 여자가 되겠지. 그러면 디오는 상관없잖겠어?"

그때 태청이 자동문이 다 열리기도 전에 고꾸라질 것처럼 달려 들어오면서 다급하게 외쳤다.

"주군! 지진과 화산이 동시에 터졌습니다!"


우려하던 일이 마침내 터지고 말았다.

섹헤이에서 요군에 밀려 퇴각하던 마군은 지하 강까지 요군에게 내주고 더 이상 도망칠 수 없게 되자 최후의 선택을 해버렸다.

마군은 요군과의 연합 작전 때 전개하려고 준비하고 있던 서울 시내의 화산 폭발과 지진을 자신들이 도주하기 위한 수

단으로 터뜨려 버린 것이다.

강도는 한 달 후에 있을 서울의 화산 폭발에 대해서 좀 더 신경을 썼어야만 했다.

최소한 한 달 후에 서울 근교의 어느 산에서 화산 폭발을 일으키는지 정도라도 알아뒀어야 했다.

아니, 설사 그걸 알았다고 해도 미리 예방할 방법은 없었을 것이다.

2017년 1월 17일 화요일 오전 9시 12분.

서울과 경기도 일원의 세 군데 산에서 30분에서 1시간의 시차를 두고 화산 폭발이 일어났다.

북한산과 수락산, 그리고 예봉산이 화산 폭발을 일으켰다.

북한산과 수락산은 각각 VEI 5와 VEI 4의 규모로 폭발하여 산 전체를 날려 버렸다.

옛날 로마의 폼페이를 묻어버린 베수비오 화산 폭발의 규모가 VEI 5였으니까 북한산과 수락산의 화산 폭발이 어느 정도였을지 가히 짐작할 수 있을 것이다.

20여 분 동안 지속된 최초의 폭발로 북한산과 수락산 일대는 쑥대밭으로 변했다.

화산 폭발로 수 톤부터 수백 톤 무게의 커다란 바위들이 10여 km까지 날아갔으며, 두 산의 정상이 완전히 붕괴되어 사방으로 해일처럼 뿜어졌다.

그리고 소나기처럼 퍼붓고 파도처럼 흘러내린 용암과 하늘이 보이지 않을 정도로 쏟아져 내린 화산재가 두 산의 인근 동네들을 집어삼켰다.

두 산의 화산 폭발로 인해서 고양시 덕양구와 서울시 은평구, 종로구, 강북구, 도봉구, 노원구, 퇴계원 일대 80%가 묻혀 버렸다.

그렇지만 그게 끝이 아니다.

세 번째 화산 폭발이야말로 서울 시내 절반 이상을 지옥으로 만들어 버렸다.

세 번째 화산 폭발은 예봉산이다. 이 산 주변에는 다행히 마을이 없었지만 그러나 더 큰 게 있었다.

팔당댐이다.

예봉산의 화산 폭발은 지척에 있는 팔당댐을 붕괴시켰다.

그로 인해 팔당댐에 저장되어 있던 2억 4,400만 톤의 물이 한꺼번에 한강으로 쏟아져 내려갔다.

수십 미터 높이의 물 폭탄은 가장 가까운 팔당대교와 그다음에 미사대교를 무너뜨리면서 강 양안의 미사리와 덕소를 순식간에 집어삼켰다.

그 다음은 서울이다.

재난 대책 본부에서 미처 손을 쓰거나 대피 방송을 하기도 전에 수마가 서울을 덮쳤다.

구리시와 강동구가 10층 이하의 건물들을 모조리 물밑으로 가라앉힌 것을 시작으로 거대한 물줄기는 광진교를 무너뜨리고는 거칠 것 없이 보이는 모든 것을 휩쓸었다.

거기서부터 광진구와 잠실은 허허벌판이라서 순식간에 물 아래에 잠기고 그 다음으로는 성동구와 강남구가 꼼짝도 하지 못하고 물에 잠겨 버렸다.

서울시가 지금껏 이룩해 놓은 찬란한 개발과 시설, 그리고 거기에 기대서 사는 수백만 명의 시민을 수마가 휩쓸어 버리는 데에는 긴 시간이 필요하지 않았다.

그리고 그보다 더 거대한 물 폭탄이 필요한 것도 아니다.

삶의 기반을 송두리째 폐허로 만들고 수많은 사람의 생명을 앗아가기 위해서는 단 10분이면 충분했다.

불행히도 사람은 물속에서 채 5분을 버티지 못한다.

그토록 자랑스럽고 영리하며 아름다운 사람들은 믿을 수 없을 정도로 허약한 것이다.

팔당댐에서 쏟아져 나온 2억 4,400만 톤의 물은 여의도와 영등포를 집어삼키고 나서 위력이 약해지기 시작했다.

그리고 그때 마지막 재앙이 날카로운 이빨을 드러냈다.

지진이다.

진앙지가 옹진군 영흥도 남서쪽에서 불과 6km밖에 되지 않는 해역이었다.

옹진군 영홍도는 인천시에 속해 있다. 그만큼 인천, 수도권에 근접해 있다는 것이다.

진앙지에서 인천시청까지는 직선거리로 25km이고, 부천은 37km, 서울은 64km에 불과하다.

다시 말해서 그 말은 영홍도 남서쪽 6km 해역을 진앙지로 한 리히터 규모 7.2의 지진이 인천과 부천, 안산, 시흥, 광명, 그리고 서울을 탈수기에서 빨래를 짜듯 뒤흔들어 놓았다는 사실이다.

그것은 서막이었다.

강도와 옥령을 비롯한 최측근들은 강남구 한강 변의 어느 초고층 아파트 옥상에 서서 시내를 내려다보고 있다.

그곳에서 시야에 보이는 거의 모든 것이 폐허로 변해 있었다.

팔당댐 붕괴로 수마가 휩쓸고 지나간 곳에 지진이 건물 수천 동을 무너뜨리고 도로를 갈가리 찢어발겼다.

아직 물이 빠져나가지 않은 거리에는 수많은 시체가 둥둥 떠서 이리저리 부유하고 있다.

그리고 지진으로 무너진 건물 곳곳에서 불길과 새카만 연기가 뿜어지고 있다.

그걸 굽어보는 강도와 측근들은 돌덩이처럼 굳은 얼굴로 어금니를 굳게 다문 채 아무도 입을 열지 않았다.

"으흑흑……."

갑자기 누군가 울음을 터뜨렸다.

유선이다.

무림에서는 32살로 강도와 술친구였지만 현 세계로 돌아와 20살 여대생이 된 유선은 눈앞에 벌어진 참극을 견디지 못하고 왈칵 눈물을 쏟았다.

그러나 아무도 유선에게 울지 말라고 하지 않았다.

아무런 방비도 하지 못한 채 자신의 일에 종사하고 있다가 졸지에 횡액을 당한 수십만, 아니, 수백만일 수도 있는 주검 앞에서는 강도마저도 울분의 눈물을 흘려야만 했다.

사실 강도는 자신의 책임을 통감하고 있는 중이다.

지금 눈앞에 벌어져 있는 전대미문의 이 참극을 일으킨 사람은 바로 강도였다.

물론 화산 폭발과 지진을 일으킨 것은 마계지만 도화선에 불을 붙인 것은 강도다.

그가 지하 광장 섹헤이에 잠입해서 요군 총사령관 제2쿠카이를 암살하는 무모한 짓을 벌이지 않았더라면 이런 일은 벌어지지 않았을 것이다.

한 달 후에 똑같은 일이 벌어질 거라고 해도 강도가 그걸 한 달씩이나 앞당기지 않았다면 다른 방법으로 화산 폭발과 지진을 막을 수도 있었을 것이다.

그게 아니라면 최소한 충분한 시간을 두고 서울 시민들을 안전한 지역으로 대피시키기라도 할 수 있었다.

섹헤이에서 마군과 요군 84만 명이 서로 전쟁을 벌이라고 행한 일이 이 지경이 되고 말았다.

"우라질……."

그의 악다문 이빨 사이로 짓이긴 욕설이 흘러나왔다.

그러나 아무리 피를 토할 만큼 분노한다고 해도 이미 벌어진 일을 어쩔 수는 없다.

―주군! 어디에 계십니까? 주군!

그때 트랜스폰을 통해서 천룡의 찢어지는 듯한 목소리가 터져 나왔다.

강도는 섬뜩 불길함이 엄습했다.

"뭐냐?"

―요족입니다! 어마어마하게 쏟아져 나오고 있습니다!

"어디냐?"

강도는 사건이 벌어졌던 섹헤이가 화성시 향남읍인 것으로 알고 있다. 그러니까 요군이 쏟아져 나온다고 하면 그곳일 것이다.

―수원입니다! 요족이 수를 헤아리지 못할 정도로 많습니다! 놈들이 수원 시민들을 닥치는 대로 죽이고 있습니다!

천룡의 말은 이곳에 있는 모두의 귀에 생생하게 들렸다.

"죽일 놈의 새끼들……."

강도는 이를 부드득 갈았다.

―주군! 명을 내리십시오!

천룡은 목젖이 찢어질 정도로 악을 썼다.

강도는 나직하게 중얼거렸다.

"수하들을 있는 대로 다 보내라."

―다 보냅니까?

강도는 분노할수록 목소리가 나직해지는 버릇이 있다.

"그래. 총본하고 평창에 있는 고수들 한 명도 남기지 말고 깡그리 수원으로 보내라."

―알겠습니다.

"수원 좌표 찍어라."

―보냈습니다!

강도는 트랜스폰에 좌표를 정하고 측근들을 둘러보았다.

"가자."

스우우…….

옥상에 있던 강도 일행 10여 명이 안개처럼 사라졌다.


강도 일행이 나타난 곳은 동수원IC 근처의 광교 신도시다.

고층 아파트 수만 세대가 밀집한 조용하고 평화로운 아파트 단지에 난데없이 요군들이 개미 떼처럼 쏟아져 나오더니 주민들을 눈에 띄는 대로 가차 없이 살육하고 있었다.

그런데 주민들보다 요군이 훨씬 더 많다.

많은 정도가 아니라 시민들 대신에 요군들이 수원시에 살고 있는 것 같았다.

또한 아파트 단지 내에는 살아서 움직이고 있는 주민은 한 명도 보이지 않았다.

돌아다니는 주민들은 이미 요군에게 모조리 죽임을 당하여 단지 곳곳에 처참한 시신으로 쓰러져 있다.

시체는 주로 여자들과 어린아이들이다.

요군들은 시내 방향으로 이미 수만 명이 몰려 나갔다.

그리고는 아파트 단지의 동쪽에서 요군 수천 명이 계속해서 파도처럼 밀려오고 있었다.

손에 총과 칼 등 무기를 쥔 요군들을 본 강도는 눈에 핏발이 곤두섰다.

"죽여라."

그는 그 한 마디를 내뱉고 요군들 속으로 곧장 쏘아갔다.

슈우우—

그의 양손에는 유성검과 파멸도가 각각 쥐어져 있다.

그는 양손에 무기를 쥐고 싸운 적이 한 번도 없었다.

이러는 건 처음이다. 그만큼 분노했다는 뜻이었다.

쏘아가고 있는 그의 전방에 요군 수백 명이 말 그대로 파도처럼 밀려오고 있었다.

카카라음투, 탐바찌음투, 우슈자, 모두 용사들이다.

강도는 요군들에게 이르기도 전에 양손의 유성검과 파멸도를 양쪽으로 벌리고 벼락같이 그었다.

콰아아앗!

각각의 길이 10m의 검강과 도강이 수평으로 폭사되었다.

파아아—

검강과 도강이 요군들의 몸통을 자르면서 전방으로 좌악 훑으며 날아갔다.

"으아악!"

"끄악!"

"크애액!"

처절한 애간장을 끊는 비명 소리가 한꺼번에 그리고 한동안 끊어지지 않고 이어졌다.

검강과 도강은 30여 m나 날아가다가 소멸했다.

그리고 그 한 번의 공격으로 요군 40여 명의 몸통이 절단되어 피를 쏟으며 거꾸러졌다.

강도는 요군들 속으로 날아들면서 쉴 새 없이 유성검과 파멸도를 휘둘렀다.

그는 신 디오이고 공간과 시간을 초월하는 능력이 있지만 지금 같은 상황에서는 직접 부딪쳐서 베어 죽이는 아날로그식이 가장 훌륭한 효과를 올린다.

옥령과 태청을 비롯한 강도의 측근들도 아파트 단지 내에서 곳곳을 누비며 요군들을 소탕했다.

투타타타타탕!

쐐쐐애액! 쏴아앗!

요군들은 강도와 측근들을 향해 총탄을 퍼붓고 활을 쏘거나 무기를 휘둘렀다.

요군들 속에 파묻혀서 닥치는 대로 주살하고 있는 강도와 측근들을 총으로 맞히는 일은 쉽지 않았다.

그런데 요군은 죽여도 죽여도 끝이 없다.

아파트 단지에만 수만 명이 우글거리는 터라 강도와 측근들이 죽이고 죽여도 마치 한강에서 물 몇 바가지를 퍼내는 것 같았다.

"으악!"

"아악!"

그때 아파트 높은 곳에서 비명 소리가 들렸다.

강도가 올려다보니까 고층 아파트 베란다에서 여자가 피를 흘리면서 추락하고 있다.

그 여자뿐만 아니라 고층 아파트 여기저기에서 주민들이 요군에 의해서 던져지거나 요군을 피하여 스스로 창밖으로 몸을 내던지고 있었다.

퍼퍼퍽!

단단한 바닥에 떨어진 주민들은 온몸이 으깨져서 형체를 알아보기가 어려웠다.

'이놈의 새끼들이……'

요군들이 직접 아파트로 올라가서 주민들을 살해하고 있는 것이다.

지이잉…….

그때 허공에서 징 소리가 울리더니 총본과 평창에서 전송된 고수들이 화악! 하고 나타났다.

100명이다. 강도는 천 명 이상도 가능하지만 총본의 시스템은 100명을 전송하는 것이 한계다.

강도가 소리쳤다.

"아파트 안으로 들어가라! 놈들이 주민들을 죽이고 있다! 요족을 깡그리 죽여라!"

허공에서 낙하하던 고수들은 일단 지상의 요족들을 죽이고는 우왕좌왕했다.

총본의 고수들은 강도의 말을 알아들었지만, 무림에서 갓 온 고수들은 아파트가 무엇인지 모르기 때문에 어리둥절하는 것이다.

"따라오시오!"

"이쪽으로!"

총본 고수들이 무림 고수들을 이끌고 흩어져서 아파트 입구를 향해 쏘아갔다.

콰아앗!

스퍼퍼어억!

"흐악!"

"끄악!"

강도와 측근들은 5분 동안 요군 1,500여 명을 죽였다.

그런데도 요군들은 조금도 줄어들지 않았다.

하기야 아파트 단지에만 수만 명의 요군이 득실거리고 있는데 1,500여 명 죽였다고 줄면 얼마나 줄었겠는가.

더구나 어찌 된 일인지 요군들은 계속 불어나고 있다.

하지만 강도의 눈을 맵다. 아무리 한강의 물을 퍼낸다고 해도 몇 바가지 퍼냈는지 정확하게 계산하는 그다.

요군들은 아파트 단지에 머물지 않고 물이 흐르듯 단지를 빠져나가고 있다.

그러면 요군이 줄어야 하는데 줄어들지 않고 있었다.

아파트 단지를 빠져나간 요군들은 수원 시내로 들어가고 있었다. 요군들은 거기에서 선량한 시민들을 도살할 것이다.

그렇다. 그건 도살이다. 무방비 상태의 시민들을 마구잡이로 죽이는 것은 죄악이다.

전쟁은 군인들끼리만 해야 하는 것이다. 무림에서도 고수들은 무기를 쥐고 있는 자들만 상대하지 힘없는 백성들은 절대

건드리지 않는다. 그게 무림의 법칙이다.

힘없는 백성을 죽이는 것은 야만이다. 그래서 용서할 수 없는 죄악이었다.

지잉…….

총본에서 보낸 다섯 번째 고수 100명이 나타났다.

강도는 그들을 또다시 아파트로 올려 보냈다. 단지가 워낙 크다 보니까 지금까지 보낸 400명으로는 턱도 없다.

아파트 각 세대를 뒤지면서 요군들을 하나씩 토벌하는 일은 결코 쉽지 않다.

슈욱!

강도는 한 차례 도검을 휘둘러서 요군 수십 명을 쓰러뜨리고 공중으로 솟구쳤다.

고층 아파트보다 더 높이 솟구쳐서 재빨리 주위를 둘러보면서 수상한 것을 찾아보았다.

'저기다!'

요군들이 아파트 단지 전체를 뒤덮고 있는데 그런 중에도 강물이 흐르듯이 한쪽 방향에서 흘러오고 있다.

거기가 바로 아파트 단지 남쪽에 있는 커다란 원천저수지라는 곳이다.

저수지 가장자리를 요군들이 새카맣게 뒤덮은 채 저수지에서 꾸역꾸역 나오고 있는데 얼핏 봐도 수천 명이다.

"저쪽이다!"

강도는 옥령과 태청 등에게 소리치며 저수지를 향해 비스듬히 내리꽂혔다.

아파트 단지에서 수원 시내로 쏟아져 가는 요군들을 저지하는 것도 중요하지만 요군들이 기어 나오고 있는 출구를 봉쇄하는 것이 급선무다.

쿠와아앗!

강도는 허공을 낮게 날면서 저수지 가장자리에 서 있는 요군들을 휩쓸었다.

스퍼어억!

요군 40여 명이 저수지에서 나오자마자 이유도 모르는 채 몸통이 잘려서 죽어갔다.

강도를 비롯한 10여 명이 저수지를 맡았는데도 역부족이다.

요군은 몇 분 만에 만 명으로 불었고 5분이 지나자 2만 명이 되었다.

그들은 강도 등을 포위한 채 맹공을 퍼붓고 있으며 다른 요군들은 주변의 아파트 단지로 파도처럼 쏟아져 갔다.

저수지에서 5분 동안 강도를 비롯한 10여 명은 요군 1,800여 명을 죽였는데, 이런 식으로 다시 5분이 지나면 강도 등은 요군 3,600명을 죽일 테고 반면에 요군은 5만 명으로 불어날 것이다.

"옥 이모! 가서 수하들 도착하면 이리 데려와!"

옥령은 요군을 한 명이라도 더 죽여야 하는 상황에 자신이 자리를 비우면 안 될 것 같아 유선을 시켰다.

"태청! 합참에 연락해서 이곳으로 전투 헬기와 병력을 보내라고 요청해라!"

"알겠습니다!"

고수가 턱없이 부족하니까 군대 손이라도 빌려야 한다.

합참과 통신한 태청이 외쳤다.

"벌써 보냈답니다! 오고 있는 중이랍니다!"

군대가 오면 여길 맡기고 강도는 고수들을 이끌고 수원 시내로 가야 한다.

강도는 요군들을 닥치는 대로 죽이면서 돌진하다가 그대로 저수지에 뛰어들었다.

저수지 속에는 물 반 물고기 반이 아니라 물 반 요군 반일 정도로 요군들이 바글거렸다.

강도는 그리 깊지 않은 저수지 속을 쏘아가면서 요군들을 가차 없이 베며 도대체 그들이 어디에서 나오고 있는 것인지 살펴보았다.

그런데 저수지 속 아파트 단지 쪽 방향을 요군들이 온통 뒤덮고 있어서 출구 같은 곳이 보이지 않았다.

강도가 요군들을 죽이는 걸 보고 그를 향해 요군들이 새카

많게 모여들어 공격을 퍼부었다.

퍼퍼퍼어억!

강도는 물속에서 요군들을 상대하느라 한 치도 앞으로 나가지 못하고 있다.

요족은 물속에서도 숨을 쉴 수 있으며 지상에서처럼 행동이 민첩하기 때문에 오히려 강도가 불리했다.

그때 수면 위에서 육중한 폭음이 들렸다.

쿠투투투…….

위를 쳐다보니까 수면 위 하늘에 헬기가 낮게 떠 있는 광경이 보였다.

군에서 보낸 전투 헬기 아파치 2대다.

아파치는 더욱 낮게 하강하더니 30㎜ 기관포를 무시무시하게 뿜어댔다.

쿠쿠쿠콰콰콧!

저수지에서 기어 나온 요군들은 기관포에 맞는 즉시 몸이 박살 나거나 팔다리가 뚝뚝 떨어져 나갔다.

2대의 아파치헬기에서 기관포를 발사하자 요군들은 추풍낙엽처럼 쓰러졌다.

옥령과 태청 등은 뒤로 멀찌감치 물러났다.

수만 명의 요군들이 아파치를 향해 일제히 총을 쏴댔다.

2대의 아파치는 요군의 총탄을 몇 발 맞더니 수직으로 솟구쳤다가 멀리 피했다.

요군의 총탄 사정거리 밖으로 벗어난 아파치가 기관포를 뿜어댔다.

강도는 저수지 속에서 요군들이 쏟아져 나오는 출구를 찾지 못한 채 요군들의 집중 공격을 받느라 애가 탔다.

'안 되겠다.'

강도는 강수를 두기로 했다.

'포르차, 저수지를 엎어라!'

강도의 몸에서 포르차가 금광을 뿜으면서 대포알처럼 뿜어져 나갔다.

쿠오오—

그와 동시에 강도는 저수지 위로 솟구쳐 올랐다.

1초 뒤에 저수지 전체를 뒤흔드는 엄청난 굉음이 터졌다.

꽈꽝!

저수지에서 물기둥과 요군 수백 명이 한꺼번에 허공으로 솟구쳤다. 저수지 속의 요군들은 찬밥에 물을 말아서 휘저은 것처럼 요동쳤다.

스피리토가 포르차에게 외쳤다.

"한 번 더!"

좌자아아…….

20만 평 규모의 저수지 전체가 금빛으로 물들더니 진저리를 치듯이 바르르 떨었다.

그러고는 조금 전보다 더 굉렬한 폭음이 터졌다.

꽈드드등!

그와 동시에 저수지 전체가 들썩! 하고 30㎝쯤 떠올랐고, 요족 수천 명이 물고기처럼 튀어 올랐다.

포르차는 저수지 전체를 아예 무너뜨려 버렸다.

저수지 둘레의 흙더미가 붕괴하면서 가장자리를 메워 버렸다.

그러고는 저수지 수면에 요군 수천 명이 둥둥 떴다.

포르차의 충격파에 요군들이 즉사하거나 기절해 버렸다.

저수지 속에서 살아남은 요군들이 저수지 밖으로 기어 나오고 있다.

옥령과 태청을 비롯하여 새로 투입된 고수들이 닥치는 대로 요군들을 주살했다.

허공에 떠 있는 강도는 지상으로 내리꽂히면서 수하들에게 명령했다.

"물러나라!"

옥령과 태청을 비롯한 수하들은 일제히 몸을 날려 뒤로 날아갔다.

그 순간 강도는 두 손에서 초절신강의 강기와 젠을 동시에 뿜어냈다.

파츠으웃!

수하들이 미처 물러나지 못하고 허공에 떠 있을 때 초절신강 강기와 젠이 저수지 가장자리를 휩쓸었다.

빠짜짜짜아앗!

강기와 젠이 빗자루를 쓸 듯이 저수지 가장자리를 퍼붓고 휩쓸자 요군들의 몸뚱이가 갈가리 찢어져서 태풍에 휘말린 것처럼 날아갔다.

그 한 번에 무려 3백여 명의 요군이 즉사했다.

요군들은 강도의 공격에 속수무책으로 당할 수밖에 없었다.

강도는 연속적으로 5번 초절신강의 강기와 젠을 한꺼번에 발출하는 공격을 되풀이했다.

그 5번의 공격으로 요군을 무려 1,500명 이상 죽였지만 강도는 6번째 공격을 전개하지 못하고 멈추었다.

저수지 가장자리에 있던 요군들이 뿔뿔이 흩어져서 강도를 향해 공격을 퍼붓거나 더러는 아파트 단지로 몰려가고 있기 때문이다.

요군들이 흩어져 있기 때문에 초절신강의 강기와 젠으로 공격을 하더라도 조금 전 같은 효과를 보진 못하게 됐다. 잘해야 한 번에 50여 명을 죽이는 게 고작일 것 같았다.

그렇게 해서는 무리하게 힘을 허비할 가치가 없다.

요군들이 10여 개의 무리로 나뉘어서 강도와 옥령 등 고수들을 공격하고 있는 동안 수천 명은 아파트 단지로 몰려가고 있었다.

저수지 수면에는 요군들의 시체가 빼곡하게 가득 뒤덮여 있으며, 저수지 가장자리 아파트 단지 쪽에는 요군들 시체가 켜켜이 쌓여 있는 지옥도를 만들어냈다.

강도는 답답했다.

요군의 수가 너무 많아서 그들을 처치하는 데 지나치게 오랜 시간이 걸리고 있기 때문이다.

요군들이 그저 강도와 무림 고수들을 상대로 싸운다면 열흘이 걸리든 일 년이 걸리든 상관이 없었다.

그런데 강도와 무림 고수들이 요군 전체의 한쪽 구석을 파먹고 있는 동안 다른 요군들이 수원 시내로 쏟아져 나가서 시민들을 죽이고 있기 때문에 그게 속이 뒤집힐 일이다.

강도는 태청에게 전음을 보냈다.

[헬기와 병력들을 수원 시내로 보내서 요군들을 퇴치하라고 전해라!]

[알겠습니다!]


평창에 있던 무림 고수 3,220명과 총본 휘하 삼맹의 고수 4,800여 명이 모조리 수원으로 전송되어 왔다.

삼맹의 외전사 4,800여 명은 최상위 무당부터 최하위 졸당까지 총동원되었다.

강도와 수하들은 2시간에 걸쳐서 광교 신도시의 요군들을 소탕했다.

요군 10만여 명과 싸워서 3만 5천여 명을 죽이고 6만 5천여 명은 도망쳐서 수원 시내로 향했다.

요군 3만 5천여 명을 죽였다는 것은 어마어마한 수다. 작은 소도시 인구와 맞먹는다.

저수지와 광교 신도시 아파트 단지에는 요군 시체들이 곳곳에 가득했다.

그러나 요군의 목적은 강도 등과 싸우는 것이 아니라서 그들은 틈만 나면 흩어져서 수원 시내로 향했다.

이쪽도 피해가 컸다.

요군 3만 5천여 명을 죽이고 삼맹 휘하 외전사 700여 명이 죽고, 1,500여 명이 부상을 당했으며, 무림 고수 수십 명이 죽거나 부상을 당했다.

삼맹에서 최하위인 졸전사들은 무림의 이류무사 정도라서 제일 많이 죽었다.

그리고 그 위인 병전사와 술전사도 100명 이상 죽었다.

삼맹 하급 전사들은 될 수 있으면 끌어들이지 않으려 했지만 이런 상황에서는 어쩔 수가 없었다.

강도는 수하들을 이끌고 수원 시내로 향하면서 파라마누를 불렀다.

파라마누는 한남동 저택에서 쉬고 있는데 지금은 그녀의 도움이 절대적으로 필요한 상황이다.

요군의 수는 정확하게 집계되지 않았지만 대략적인 수는 20만이라고 했다.

해병대를 비롯한 특수부대와 육군이 속속 수원에 투입되고 있지만 아직은 3만 명 수준이다.

또한 군의 개인화기로는 요군을 죽이는 데 한계가 있어서 중화기를 사용해야 하는데 그게 쉽지가 않았다.

더구나 수원 시내에서의 시가전이기 때문에 시민들의 희생이 클 수밖에 없다.

수원 시민들은 거의 모두 건물이나 집 안에 숨어서 셔터를 내리고 문과 창문을 꼭꼭 잠근 채 공포에 떨고 있다.

그렇지만 요군의 목적은 현 세계 인간들을 살육하는 것이기 때문에 건물이든 집이든 셔터와 문을 부수고 침입하여 시민들을 닥치는 대로 죽였다.

그래서 그것 때문에 강도와 무림 고수들, 그리고 군대가 요군을 소탕하는 데 애를 먹었다.

시내에 몰려다니는 요군을 죽이는 것도 쉽지 않은데 그들이 건물이나 집안에 있으면 시민들이 볼모가 되기 때문에 더욱 어려워진다.


'이건 잘못된 거다.'

강도는 수원 시내의 요군들을 닥치는 대로 주살하면서 속으로 똑같은 말을 벌써 열 번도 넘게 중얼거리고 있다.

요군이든 마군이든 현 세계로 나오게 해서는 처치 곤란이다.

그러니까 놈들이 현 세계로 나오기 전에 지하나 외방계에서 두들겨 부숴야만 했었다. 즉, 싸우는 곳이 현 세계가 아닌 놈들이 세계여야 한다는 것이다.

강도는 오른손에 파멸도를 움켜쥐고 요군들을 닥치는 대로 주살하면서 뼈아픈 후회를 거듭했다.

20만 요군이 수원 시내 곳곳을 죽음으로 몰아넣고 있는데 강도와 무림 고수들, 그리고 군 병력은 거리의 요군들을 죽이는 일에 급급하고 있다.

그러는 사이에 건물이나 아파트, 주택으로 침입한 요군들은 손도 못 대고 있는 실정이다.

건물과 집에서 요군을 피하여 거리로 뛰쳐나온 시민들은 결국 요군에 의해서 처참하게 죽음을 당했다.

그렇다고 강도 등이 시내 곳곳 거리를 휩쓸고 있는 요군들을 제쳐두고 건물이나 집으로 달려 들어갈 수도 없다.

가까운 곳에 주둔하고 있는 군 병력이 우선적으로 투입되기 때문에 상대적으로 먼 곳의 군 병력은 수원까지 오는 데 시간이 걸렸다.

콰우우웃!

강도가 휘두르는 파멸도에서 도강이 뿜어져 나가 요군 3명을 박살 냈다.

그가 한 번 발출하는 도강으로 요군 50여 명을 한꺼번에 죽일 수 있지만, 지금은 요군들이 거리 여기저기에 흩어져 있기 때문에 한 번에 겨우 3명밖에 죽이지 못하고 있다.

이건 정말 비효율적인 싸움이다.

그래도 요군을 한 놈이라도 더 죽이려면 이렇게라도 해야만 한다. 그렇다고 해서 도강을 더 약하게 발출하는 것 따윈 더 하지 못한다.

수원이 요군들에 의해서 피바다로 변하고 시민들이 죽어가고 있는데, 자신은 거리에서 한 번에 서너 명씩밖에 요군을 죽이지 못하면서 발이 묶여 있다는 현실에 강도는 속에서 천불이 치밀었다.

"카르만!"

조금 떨어진 곳에서 요군들을 죽이고 있는 파라마누가 강도에게 달려왔다.

"그렇게 하지 말고 나처럼 해봐!"

파라마누는 대로 건너 왼쪽 골목 입구에 흩어져 있는 요군들을 향해 오른손을 뻗었다.

슈우웅!

순간 파라마누의 손에서 금빛의 반투명한 광선이 번쩍하고 뿜어졌다.

길 건너 골목 입구에는 도합 14명의 요군이 약간의 거리를 두고 흩어져 있었다.

파라마누가 뿜어낸 광선은 그중에 모여 있는 5명을 향해 일직선으로 쏘아갔다.

그런데 길 건너까지 거의 다 쏘아간 광선이 느닷없이 여러 갈래 정확하게 14갈래로 촥 흩어지더니 요군 14명 모두의 머리에 적중했다.

퍼퍼어억!

14명의 요군들은 머리통이 박살 나서 풀썩 풀썩 쓰러졌다.

"어떻게 한 거야?"

"죽일 놈들을 머릿속으로 생각하면서 젠을 쏘아내."

"생각하기만 하면 되는 거야?"

"그래. 대신 누굴 죽일지 정확하게 스캔해야 해."

"알았어."

강도는 다른 표적을 찾아보았다.

대로 곳곳에서는 무림 고수들과 요군들이 치열하게 싸우고 있는 중이다.

더러는 군인들과 총격전을 벌이고 또 더러는 무림 고수들과 한데 어울려서 무기를 휘두르고 있다.

이 거리에 있는 요군만 해도 대략 5천여 명은 될 듯했다.

강도는 길 건너 사선에서 삼맹 외전사, 무림 고수들과 한 덩어리가 되어 싸우고 있는 요군들을 먹잇감으로 삼았다.

외전사와 무림 고수는 6명이고 요군은 12명이다.

강도는 요군들을 훑으면서 빠르게 스캔하고는 오른손을 쭉 뻗었다.

휴우웅!

광선이 빛으로 화해 쏘아갔다가 싸움하는 곳에 거의 이르러 갑자기 12갈래로 갈라져서 외전사, 무림 고수들과 치열하게 싸우고 있는 요군 12명을 적중시켰다.

외전사와 무림 고수에 가려서 잘 보이지 않는 요군들마저 정확하게 맞췄다. 다만 요군의 10명만 머리를 맞춰서 박살 내고 2명은 어깨와 등을 맞추었다.

설맞은 요군 2명은 무림 고수들이 즉시 달려들며 난도질해서 죽여 버렸다.

파라마누는 강도와 함께 나란히 대로 한복판을 미끄러지듯이 달리면서 환하게 미소를 지었다.

"그것 봐. 되지? 스피리토에게 저놈들 머리통을 생각하라고 해 봐. 머리를, 이번에는 저기."

파라마누는 전방 오른쪽 쓰러진 버스 뒤에 숨어서 군인들과 총격전을 벌이고 있는 요군들을 가리켰다.

강도 쪽에서는 쓰러진 버스 뒤에 엄폐한 요군이 3명만 보였지만 보이지 않는 곳에 더 많은 요군이 있었다.

투후웅―

강도의 손에서 짙은 금광이 뿜어졌으며 조금 전에 젠을 발출했을 때하고는 음향이 달랐다.

금빛 광선은 강도 쪽에서 보이는 요군 3명을 휩쓸면서 안으로 확 꺾어졌다.

번쩍! 꽈드등!

버스 뒤에서 섬광이 번뜩이더니 폭음과 함께 버스가 허공으로 붕 떠올랐다.

쿠다당!

버스는 아스팔트에 떨어졌다가 20여 m쯤 굴러갔다.

그리고 버스 뒤에 숨어 있던 요군 35~36명이 숯덩이처럼 새카맣게 타서 죽은 모습이 드러났다.

파라마누가 신기한 듯 놀라서 물었다.

"어떻게 한 거야?"

강도는 싱긋 웃었다.

"재주 좀 부려봤지."

젠에다가 초절신강 극열지기를 섞어서 강기로 발출한 결과

물이다. 파라마누는 하나를 가르쳐 주었는데 강도는 그걸 더욱 탁월하게 응용했다.

―주군!

강도가 또 다른 먹잇감을 찾아서 쏘아가고 있을 때 총본에 있는 천룡의 다급한 목소리, 아니, 부르짖음이 들렸다.

강도는 불길한 예감이 들었다.

"뭐냐?"

―요군 30만이 대전으로 향하고 있습니다!

"뭐야?"

―그뿐만이 아니라 마군이 서울 시내 곳곳에서 나타나 시민들을 닥치는 대로 죽이고 있습니다! 청와대는 이미 마군에게 장악된 것 같습니다!

강도의 얼굴이 보기 싫게 일그러졌다.

"우라질……"

『갓오브솔저』 8권에 계속…

# 초대형 24시 만화방

### 신간 100%, 샤워실, 흡연실, 수면실(침대석), 커플석, 세탁기 완비

## ■ 시흥 정왕25시점 ■

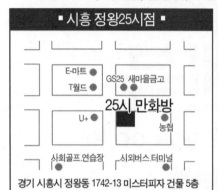

E-마트
GS25 새마을금고
T월드

**25시 만화방**

U+
농협

사회골프.연습장  시외버스.터미널

경기 시흥시 정왕동 1742-13 미스터피자 건물 5층
031) 319-5629

## ■ 강북 노원역점 ■

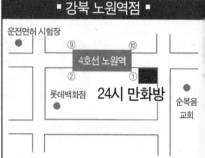

운전면허 시험장

⑨          ⑩
4호선 노원역
②          ①

롯데백화점  **24시 만화방**

순복음
교회

서울 노원구 상계동 340-6 노원역 1번 출구 앞 3층
02) 951-8324 (화용빌딩 3층)

## ■ 일산 정발산역점 ■

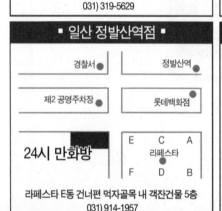

경찰서          정발산역

제2 공영주차장  롯데백화점

**24시 만화방**

E   C   A
라페스타
F   D   B

라페스타 E동 건너편 먹자골목 내 객잔건물 5층
031) 914-1957

## ■ 일산 화정역점 ■

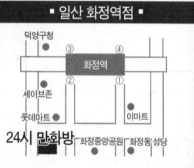

덕양구청
③          ④
화정역
②          ①

세이브존

롯데마트          이마트

**24시 만화방**
화정중앙공원  화정동 성당

경기도 고양시 덕양구 화정동 984번지 서일빌딩 7층
031) 979-4874 (서일사우나 건물 7층)

## ■ 부천 역곡역점 ■

역곡역(가톨릭대)

CGV

역곡남부역 사거리

**24시 만화방**

홈플러스

역곡남부역 기업은행 건물 3층
032) 665-5525

## ■ 부평역점 ■

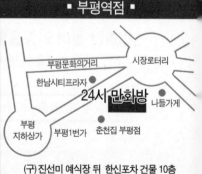

부평문화의거리          시장로터리

한남시티프라자          **24시 만화방**

나들가게

부평
지하상가  부평1번가  춘천집 부평점

(구)진선미 예식장 뒤 한신포차 건물 10층
032) 522-2871